Mary Austin

THE LAND OF LITTLE RAIN

星星和印第安人的土地

[美] 玛丽·奥斯汀 著　范培文 曹柠 译　王全智 校

上海译文出版社

目 录

序言

我真是喜欢印第安人取名字的方式：如果有一个词能特别形象地描述一个人给别人的印象，这个词语便成了他的名字。因此，他可能被叫作“金刚猎人”，或是“熊包”，这取决于称呼他的人是朋友还是敌人；而与他只有一面之缘的人很可能就管他叫“疤脸”。只有这样取的名字才能反映我们形形色色的内在气质。如果你同意我的说法，你就能理解为什么地理书上的地名很少出现在我的文章里。比方说，我很喜欢一座湖，它本来是以其发现者的名字命名的，但是打动我的其实是湖边那些被湖水滋养成密林的松树，我就会在文章里按我的感受重新命名它。不过，若是印第安人在我之前就给它取好了名字，那就听他们的，因为印第安人起名字从不会庸俗地考虑如何能让自己名垂青史，而是只要名字本身既动听又贴切就好。

也有一些山峰、峡谷和晴空下的草原是文字难以描绘的，所以我们就像对待那些尊贵的大人物那样，给它们起些不同寻常的名字。依着这些名字的提示，你便可以踏足我的这片土地，不过能不能发现我所描写的地方，还得看你和这片土地的缘分。还有！这片土地不会一视同仁地向所有的来访者都展现它的精华，而是会因人而异、亲疏有别。如果你发现它跟我描写的并不完全一样，可别认为我不可信或是自己不够聪明。说到关乎内心感受的事，我们往往会有一种倾向，比方一个人会说“我认识一个人，他觉得……”，然后便放弃了由自己最可靠的亲身经历所得出的结论。我并不想把你引到一个我觉得惬意而你却并不怎么心仪的地方。我用印第安人的方式，用我的词儿，命名这片土地上的一切，膜拜着这片土地，就这样把这片还没有确切名称的伟大疆土纳入了我的私人宝典。

你也许已经见过甚或已经接触过我所描写的这片土地，它位于巍峨的内华达山脉中，在优胜美地以南，它的东边和南边贯穿着著名的死谷(Death Valley)，穿过死谷则是大片跌宕起伏的山脉，一直延伸进莫哈维沙漠(Mojave Desert)。要想进入这个地区，你可以选择从南面沿着驿站做一次极其耗时的马车旅行，也可以从北面乘火车直接到里诺(Reno)下车。不过，最好的方式还是背包步行穿越内华达山口，眼见为实嘛。然而，要想深入了解这片土地的精华所在，一个月的假期旅行是肯定不够的。你需要在这片土地上历经四季，等待时机。松树的果实需要两三个季节才能成熟，有些植物的根会在沙地里休眠达七年之久，直到遇上一次降雨才又重新开始生长，而杉树五十年才能开花——在这儿，这些都算不上稀奇。不过，假如你已经走到了基萨奇(Kearsarge)山脚下那个位于山坳中的小镇，那么，在你离开之前，一定要去敲开村口柳树下那座棕色房子的大门，那家的主人会很乐意为像她一样热爱这里的人讲述每一寸土地和每一条小径的故事，讲述那其中悸动着的一切。

少雨的土地

（印第安人）称作“无界之地”的地方位于内华达山脉以东，帕纳明特（Panamint）和阿马戈萨（Amargosa）山脉以南，在这两个方向上，这片土地纵横不可以道里计。

犹他族（Ute）、派尤特族（Paiute）、莫哈维族（Mojave）和肖肖尼族（Shoshone）人就居住在它的边境。他们也会尽量深入腹地，最终的界限取决于土地本身而与领地归属的律法无关。在地图上，这块地方被标注为沙漠，但是印第安人对它的这个称呼显然更好。沙漠是个笼统的术语，用来标示那种不适合人类生存的土地，但这里的土地却并没有荒凉到了这种程度。要知道，无论空气如何干燥，土质如何恶劣，它从来都不曾缺少过生命。

这片土地浑然天成，重峦叠嶂，那些铬黄和赭红色的山岗经受了磨砺、煅烧，从混沌中破土而出，径直升到雪线之上。在众多山岗之间，平坦的高地在灼热的阳光下伸展；狭长的山谷在蓝色的雾霭里沉浮。山体的表面是浮尘和未曾风化的黑色熔岩流形成的条纹。雨后，封闭的小山谷里的积水蒸发殆尽，留下坚硬和干燥的地面，形成一种当地人称作“干湖”的纯粹荒芜的地貌。在山势陡峭和雨水丰沛的地方，幽幽暗暗的苦水池塘从不干涸，而池边堆满了碱性的风化物。类似的薄薄的碱壳点缀在长着绿色植被的湿地边上，植物们看上去丑陋而破败。在朝向风口的开阔荒地上，沙子在一簇簇低矮结实的灌木周围形成沙丘，沙丘之间的土壤显示出含盐的迹象。这里的山，雕刻它的鬼斧神工主要是风而不是水。你肯定听说过著名的“大峡谷”，像它一样可怕的景观在西部沙漠的边缘地带比比皆是，只不过规模没它那么可观罢了。只要你能长时间地在这里流连逗留，早晚都会碰到。

山地上的泉水随处可见，不过，基本

都指望不上。它们大多都很咸，含有有毒物质，或者水量小得可怜，滴滴答答地渗进土里，慢得要命。你在这里能够找到“死谷”中常见的热气腾腾的落水坑，也能找到空气中弥漫着寒霜味道的高地。台地的斜坡上大风经久不息，寂静得让人窒息。沙尘暴在那里如天魔乱舞，旋转着升向广阔而苍白的天空。在这儿，雨水要么杳无踪迹，任土地干渴难耐；要么就忽然倾盆而下，形成破坏性极强的大暴雨。一片布满断流的土地，难言可爱；然而它却是你一旦来过就一定会再回来的地方。若非如此，我怎么可能对它如此津津乐道。

这片土地只有三个季节。六月到十一月，它炎热、寂静，被猛烈的暴风无休止地折磨着，奄奄一息；而后一直到四月，它变得寒冷、枯寂，默默吸吮着珍稀的雨滴或雪水；从四月到下一个夏天之前，它又容光焕发，繁花似锦，引人入胜。这种月份的设定是笼统的；满载雨水的季风从海湾出发，越过科罗拉多(Colorado)水门到来的时候有早有晚，只能根据降雨的情况来设定这片土地的季节。

沙漠植物努力地适应着季节的限制，它们欢欣鼓舞的劲头让我们自惭形秽。为了开花结果它们真是拼尽全力。这一过程极其艰难，但只要雨水足够，它们就会像热带植物一样丰饶。据死谷探险队的一份报告记载，有一年雨水丰沛，人们在科罗拉多沙漠上发现了一株高达十英尺的苋属植物。一年后，同一个地方遭遇了干旱，这种植物只长到了四英寸。多么希望这片土地也能培养她的人类子孙具备这样的品质，让他们一有可能就全力以赴，而不是敷衍了事地只是“试试”。沙漠里的草木很少有发育完全的。极度的干旱和极高的海拔都会导致植物矮化，所以我们发现在巍峨的内华达山脉和死谷中，有亲缘关系的矮小物种在平均温度下会长得更加袖珍。为了防止水分挥发，沙漠植物随机应变，它们把自己的叶子的边缘部分朝向太阳，身上长满绒毛，渗出黏液。席卷而过的大风会摧残它们，但也会帮到它们。它在植物敦实的茎干周围堆起沙丘，茎干就能被包裹起来受到保护。沙丘有可能堆到三人高，顶上，像牧豆树(mesquite)一类的植物花枝攒动、果实累累。

沙漠中有许多地区，可饮用水就在地表几英尺之下，有水的标志就是长着牧豆树和丛生禾草(*Sporobolus airoides*)。这种近在咫尺却根本想不到的救命水源让沙漠中一起又一起的死亡显得格外悲剧。据说，那帮发现死谷的人最后完蛋的地方，其实就有浅井能救他们的命。但是这帮倒霉家伙又怎么能知道呢? 正是这出悲剧给了死谷这个令人生畏的名字。如果有合适的装备，还是有可能安全地穿过这条可怕峡谷的，但死亡还是每年都会发生，人们依然会在那里发现干尸，尸体上没留下任何能追忆起这个人的痕迹。低估干渴的威胁，向左或向右偏离一处固定的路标，口干舌燥时找到的只是一处枯泉，凡此种种情况下都会凶多吉少。

沿着泉水和沉陷的水道，你会惊讶地发现在潮湿的地面上很广泛地生长着亲水性植物。但是真正的沙漠会哺育出它自己的品种，每一种都有它独特的生态环境。斜坡的角度、山峰的朝向、土壤的结构都决定了植物的生长情况。向南的山坡上几乎寸草不生，这里的低林木线比别的地方高了一千英尺。东西走向的峡谷，一面谷壁裸露着岩石，另一面则披满了植被。干湖和沼泽周围，草本植物则生长得井然有序。大多数植物都有特定的生长区域，这是无声的土地给旅行者提供的最佳路标。

如果你对此心怀疑虑，那我告诉你沙漠是从长墨西哥三齿拉瑞阿(creosote)的地方开始的。这种多年生灌木从下面的死谷一直向上蔓延到低林木线。从它的名称你就能猜测出它芳香而有药性，它的主干像魔杖一样，披挂着闪闪发光的锯齿状的叶子。那鲜亮的绿色在一片灰白和枯黄的荒漠里显得格外赏心悦目。春天，它会渗出一种树脂，当地的印第安人懂得用它与石粉混合把箭头粘在箭杆上。你放心，印第安人可不会浪费植物的任何用处！

丝兰木(yucca)的生长过程异常艰辛，没有什么比它能更好地诠释什么才是沙漠。饱经风沙的丝兰木林形影相吊，稀稀拉拉地散布在高高的台地上。它们主要集中在内华达山脉与沿海的山丘地带交汇处以东、扇形分布着的三角形泥沙滑移地带上，内华达山脉也正是从这里穿过圣华金河谷(San Joaquin Valley)的南端。丝兰木浑身带刺，短而硬的叶子长得像刺刀一样，颜色暗绿，越长越蓬乱，树顶上披着绿色的花穗，散发着阵阵恶臭。在丝兰木缓慢地死亡之后，由于缺乏使它腐烂分解的能量，它们的木质骨架变成了可怕的镂空结构，在月光下魅影交织，让人毛骨悚然。丝兰木的花盛开之前，奶白色的锥形花苞刚刚长到小甘蓝那么大的时候就会充满了糖浆，这时，印第安人会灵巧地把它从带刺的叶丛中拧下来，烧烤后美美地享用。

在有人居住的地方，你很少能见到长成乔木大小的丝兰木。从沿海的山丘地带一直东行，一路上你会看到各种丝兰木、仙人掌和低矮的草本植物，足足有上千种。这样说来，沙漠上的植物数量稀少并不是土地贫瘠或是品种的原因造成的，而仅仅是因为这里的每一株植物都需要更大的空间。植物必须抢占很大的地盘去获取足够的水分。植物斗智斗勇的生存战都发生在地下；地面之上则有的是空间让它们充分地生长。即使在号称大荒之野的死谷

地区，我们能识别的植物也有两百余种。

太阳专制地划定了低林木线，也就是雪线，在这条线之上，生长着枝条低垂到地面的矮松（pinon）和杜松（juniper），还有紫丁香（lilac）、鼠尾草（sage）和一些零星的五针松（white pine）。

自株授粉和风媒植物在此地并没有特别的优势，许多植物还是需要昆虫来帮忙，所以到处有昆虫活动的迹象。实际上，哪里有种子和昆虫，哪里就有鸟类和小型的哺乳动物，而一旦有了它们，就会有牙尖齿利的动物偷偷地前来捕猎。就算你大着胆子深入这片无人区的腹地，你面前也不可能是完全的生命禁区。总有色彩鲜艳的蜥蜴在岩石缝里爬进爬出，或者窝在灼热的白沙上喘气。还有各种鸟儿们，比如：在低矮的仙人掌丛中筑巢的蜂鸟；与张牙舞爪的丝兰木为伍的啄木鸟；以及那树木绝迹的荒野里，一到夜晚就开始歌唱的知更鸟；如果是在夏天，太阳西沉的时候还会听到一种穴鸮（burrowing owl）[1]的叫声。许多古灵精怪、毛茸茸的小东西顽皮地在空地上窜来窜去，又或者坐在墨

1 一种在地面穴居的小猫头鹰。［本书脚注如无说明，均为译注。］

西哥三齿拉瑞阿灌木搭成的指挥塔上一动不动。诗人们或许能“不用枪就能叫出所有鸟儿的名字[1]”，但肯定不包括在这片无雨区傍地而居的小家伙们，它们就像长着仙女的脚一样，动如脱兔。它们数量太多了，动作也太快了。要不是看得到它们留在沙子上的脚印，你根本不会相信有这么多。白天太过炎热刺眼，它们基本上只在夜里活动。沙漠腹地没有大型牧群，当然也没有食腐的鸟类在其间生活。但是若你胆敢涉险深入，还是可能发现自己被食腐鸟翅膀的阴影紧紧笼罩。在那片区域，像人这么大的动物根本不可能躲过它们的侦察，它们太知道这片土地是如何修理贸然闯入者的了。一片土地总有办法迫使它的居民养成新的习性。暮春时节，越来越烈的阳光逼得鸟儿颠倒了昼出夜伏的习惯，改变了它们的孵化方式。让鸟蛋保持凉爽反而比保温更有必要。某个热到让人窒息的春天，我在小羚羊谷(Little Antelope)发现了一对草地鹨(meadowlark)的巢。后来，我又常常路经那里，真是可怜，能为它们遮荫的仅仅是一丛非常纤细的杂草。

1 语出拉尔夫·沃尔多·爱默生(Ralph Waldo Emerson，1803—1882)的诗《克制》(Forbearance)。——编者

入夜之前，你绝对看不到它们趴在蛋上，它们整个白天都在巢上面站着，耷拉着翅膀，可怜地张着嘴，半死不活，挡在阳光和它们的宝贝鸟蛋之间。有时候，它们两个会一起伸开翅膀，半抬着，在高温下维持出一小片阴影。这情形最终让我的同情心大作，用一小块粗帆布给它们搭了个长久遮挡太阳的棚子。在那个地区有一片放牛场，围场的篱笆有十五英里长，而你在每一根篱笆桩的阴影里都能找到一两只鸟儿；有时候，连麻雀和鹰都在白热化的正午停战了，拖着翅膀，无精打采地张着嘴。

一开始你可能会奇怪，在这片上帝创造的最孤独的土地上为什么还有这么多生灵栖居？它们在这里做什么？又为何逗留？但只要在这里生活过以后，你就再不会提出这样的问题。不是别的，皆因这片辽阔的褐色土地确实让人心驰神往。那五彩缤纷的山峦、轻柔的蓝色雾霭、明媚灿烂的春光，都有着让人忘忧的魔力。它们

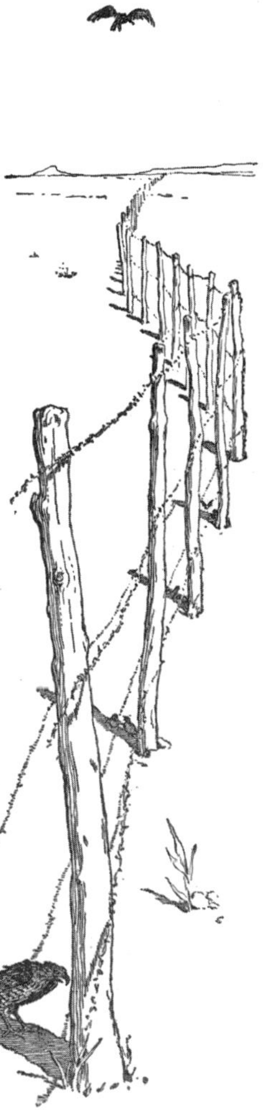

让你混乱了时光，在恍惚间，就算你刚住过来的时候本打算离开，却从来没有真正成行。生活在这里的人们，包括矿工和牧民们都会语重心长地告诉你，你会咒骂这片土地，但还是会一次次地回来。因为这里有一件最神圣的东西，那就是在上帝的世界里你可以呼吸到的最纯净的空气。总有一天，世人将会明白这一点，在那清风吹拂的山丘之上，那些小小的绿洲会成为治愈我们这些体弱多病、厌倦了宅居的孩子们的港湾。人们相信这儿的土地和矿山潜藏着巨大的财富，虽然因为远离水源，达不到开发条件，它离真正的财富还差得很远，可人们还是为它着魔，为那可望不可即的财富努力着。

你应该听听萨尔蒂·威廉斯(Salty Williams)的故事，听他讲讲他过去是如何带着十八头骡子和二十匹马组成的商队，行程九十英里，拖着装满水桶的货车从硼砂沼泽前往莫哈维沙漠的。大热天里，骡子们渴疯了，水桶的哐当声让它们发狂，它们声嘶力竭地号叫着，身上的缰绳缠成一团，而这时萨尔蒂坐在他高高的位子上，炽烈的阳光晃着他的眼睛，他用单调的、漠然的嗓音吆喝着牲口，直到它们自己折腾得精疲力竭，骚乱才算结束。那条路上，沿途有一溜浅浅的坟包——这是以前，当商队在热季出行时，总有那么一两个新招来的随行苦力倒毙在路上，被就地草草掩埋后留下的。萨尔蒂有一个赶牲口的帮工也遭遇了不幸，当时正是正午午休的时候，那个人毫无征兆地突然死去，萨尔蒂不得不放弃了这趟差事；他说“那天简直热得要死”。他把这个帮工埋在了路边，特意在坟堆上压了一些石头，以防郊狼把他刨出来。七年以后，我还看得出坟头松木牌上的铅笔字，字迹没有褪色，依然清晰。

但是，不久之前，在驾车前往莫哈维的驿站的时候，我又遇到了萨尔蒂的车队，他正要穿越印第安韦尔斯（Indian Wells）。他还是坐在高高的座位上，晒得红扑扑的脸蛋就像秋天的月亮在他的十八头骡子扬起的金色灰尘中若隐若现。这片土地始终在召唤着他。

沙漠的空气中有一股掩藏不住的神

秘气息，孕育了许多关于失落宝藏的传说。比方传说在沙漠荒凉的秘境里有一座山丘撒满了金块；还有一座山则密封着纯银；再就是有那么一处古老的黏土河床，印第安人用那里挖出的黏土制成煮饭的罐子，罐子成型以后，周身闪耀着纯金沙的光芒。老迈的矿工们在沙漠边缘游荡，常年的风吹日晒让他们的外表和棕褐色的山一样，他们会煞有介事地向你讲述这些传说。在那片土地逗留一阵子之后，你对他们的话也渐渐深信不疑。听信这种失落的宝藏的传说，比起被那种在沙漠里横行的有角小蛇出其不意地咬一口，哪个更让人寝食不安，还真是难说。

但是，但是，我的这种说法肯定要让那些期待看到悲剧元素的读者失望了吧？其实，你越期待那样的故事，就越会沉溺在悲剧中无法自拔，以至于错过更多的欢乐。这片从内华达山脉东坡的山脚出发的大地，经由一座座越来越低的崇山峻岭向着大盆地伸展开去，它能让你满怀热忱地生活，让你血脉偾张，让你享受到点点滴滴的快乐。这儿的日常和其他大西洋沿岸地区的生活没有什么不同，你完全可以自如地往来，而且照我们看来，一点难度都没有。一个进入沙漠仅仅就是为了把它照实写下来的人，无论如何是虚构不出那条哈西扬帕河(Hassaympa)的，据说，谁饮了那条河的水，谁就再也不会把事物看作干巴巴的东西，他看到的一切都会闪耀着罗曼蒂克的色彩。在我两次长达七年的漫游中，我一定曾经喝过了这种河水，我敢打包票，那绝对是值得的。

沙漠会补偿人们为它付出的所有代价，它让人大口地呼吸，深沉地睡眠，让人能和星星交谈。当你在夜晚的沙漠憩息，你会被一种崭新的力量感召，它让你意识到曾经的迦勒底人(Chaldean)一定是沙漠哺育出的占星者。当群星在清朗广阔的天宇中移动，皎然凌空，你一定难逃宿命的感觉。它们看上去是如此巨大、清晰、熠熠发光，仿佛带着不言而喻的使命在运行。天空中斗转星移，它们让可怜的世俗烦恼变得微不足道。无论是躺在那里看星星的你，还是在远离你的灌木丛中不停嚎叫着的瘦骨嶙峋的郊狼，在这一刻都是那么无足轻重。

塞里索的水径

每到旱季的尾声，塞里索(Ceriso)的水径几近荒废，宛若白色的缎带掩映在斜草之中，它们呈扇形向外蜿蜒而去，消失在远方囊鼠(gopher)、地鼠(ground rat)和松鼠安家的地方。这时的水径对人的视力来说已经模糊难寻，但对于穿行其间的鸟兽来说却依旧清晰可辨。如果能有老鼠和松鼠那样低的视角，你就会觉得眼前的道路宽阔而曲折，感觉和人行进在比自己高三倍的密林里差不多。在这草的丛林中，只要一条不长草的细线就足够一只老鼠昂首阔步了。对于一个小人儿，水径就是康庄大道，动植物的气味就是路标。

看来，以人的身高能有的视角去考察水径是最尴尬的了。如果真要这样做，那也最好是登上某座高山的前坡，比如布莱克山(Black Mountain)的山嘴，向下回望塞里索的空地。你会奇怪地看到，即使被茂盛的青草湮没，土地还是保留着长期践踏而成的路径。布莱克山采矿业最黄金的那二十年，造就了一条贯穿塞里索的驿路，从高处看去，车辙留下的两条平行线依然漆黑而轮廓分明。在塞里索，一个人想从脚下看出路的去向是白费力气的。野生动物前往孤树泉(Lone Tree Spring)饮水踩出的那些发白的路径，你只有爬到足够的高度才能看清，而那几乎和鹰在空中盘旋时的视野一样了。

在最好的年份，塞里索也没有多少水，那很少一点还又咸又难闻。不过，在塞里索边缘的沉降区、一株孤生的杜松边上，有一条从不断流的甜水河流淌在茂盛的野草和水田芥(water cress)之间。在旱季，除了这条小河，人们就算走上一整天都不可能找到其他水源。你从布莱克山山脚往东走，不管是靠北还是靠南，到处都能看到小啮齿动物，比如老鼠啊、松鼠啊打的洞。长耳大野兔(jackrabbit)刨的浅窝就在鼠尾草丛下面，短尾猫(bobcat)、狐狸和郊狼则把巢穴安在干涸的洼地边上，或者碎了一地的黑色岩石堆里。

郊狼是真正的寻水女巫，只要地面有

一点点潮气，它就会不停地边嗅边刨，直到把土里的水刨出来。许多水洼就是被这些山地里瘦骨嶙峋的流浪汉如此这般找到的，而这些出水的地方就算是当地的印第安人也留意不到。

从冬雨落幕到再次降临，有十个月的间隙，许多一刻也闲不住的人单凭想象就自作聪明地以为这期间山地动物都找不到水喝；但如果你是个真正的懒汉，日夜都在水径旁消磨时光，就不会赞成这种说法。要我来说的话，你只要沿着一条条已经模糊的水径追溯它们在塞里索深处的源头，就会发现它们最后汇聚在一道泉水冲刷而成的地沟里，那里的道路已经被踩得很实，露出一拃宽的白花花的路面。你想想啊，如果那个方向上没有任何旅行者，怎么会出现这些路径呢？

我发现这片土地几乎被兔子和其他走兽踩出的羊肠小道弄花了脸。如果你冒险去寻找某个人迹罕至的水洼，一定要确保你的方向大体上与水径保持一致，但是如果它们开始与你的方向有了分歧，如果它们汇聚的方向向左或者向右偏离了你的目标，哪怕角度只有毫厘之差，别管地图怎么说，或者你的记忆怎么样，相信水径——它们才是对的。

白天，塞里索是如此寂静，要不是那些明显是踩踏出来的白色路径的存在，这里看上去简直就像荒漠一样。在旱季，太阳灼热，整个白天的阳光都很刺眼。时不时的一只隐藏的郊狼拉长了音发出悲凉的哀号，从某个不确定的地点向它的族群发出信号。除此之外，在下午四点之前，不会有大动静。而当你看到鹰隼开始在鼠尾草上滑翔了，那就表明小动物全出来忙碌了。

我们习惯于用一种粗枝大叶的措辞描述野生动物，就仿佛它们的习性都像钟表装置一样单一。我们说某种动物是夜猫子，这种说法只是在它们趁着黑夜捕猎的时候才是对的，这个时间只是让它们更容易捕到猎物罢了，其实它们也非常懂得如何适应食物更为丰富的白昼环境。它们的习性与锐利的眼神、发达的嗅觉、灵敏的听觉以及对图像和声音强大的记忆力有关，这一点是人再怎么自吹自擂都比不了的。看！一只郊狼从它的兽穴中出来了，正盘算着去哪里进行捕猎。虽然说不清它是怎么做决定的，但你很容易看出它已经拿定了主意。你看它一路小跑，有时突然冲刺，中间很明显地停顿几次，四下寻找路标，改变一下行进方向，并且前后张望以确保自己的线路正确。

有这样一幕特别打动我，那是在我特别喜欢的一条山谷里，郊狼们排成一行沿着狭窄的道路向着远处地平线上的山峰轮廓线前进，两旁有奇峰峻岭夹道相伴，它们的头都翘向一边，始终保持在山岬的左边或右边。

我曾经跟踪过一匹郊狼，常常发现它穿过田野，恰好就能找到某个有食腐鸟倾斜着翅膀在空中盘旋的地方，那意味着一顿晚餐有了着落。我发现它寻找猎物的方式跟人一样，而且还是一个对山区非常熟悉又有点谨慎的聪明人，他们能找到一样的地方。它在这边迂回而行，避免暴露在没有什么遮挡的开阔地带；在那边又停顿一下，在一条沟壑边上选择更好的路线——通常也是最好的路线——用最经济的方式到达它的目的地。自塞雅韦(Seyavi)[1]的那个时代开始，鹿群就转移了吃草的地方，它们在刚开始下大雪的时候穿过山谷，取道黑岩，在查利丘(Charley's Butte)涉水而过，直奔谷口，那是去往瓦班(Waban)的冬季牧场最便捷的路线。尽管鹿群的这条路早已被耕地破坏，它们还是能顺着它跋涉；鹿群在汀帕河口(Tinpah Creek)走出内华达山脉，从那里很容易看出汀帕湾、黑岩的峰顶、查利丘与瓦班垭口投下的巨大阴影构成了一线。鹿群很清楚，在这条线上查利丘是唯一一个可以涉水而过的地方，是通过峡谷的最短的路径。野生动物学会了所有对它们的生活方式有重要影响的东西，就是对善变的月亮始终摸不着头脑。我曾见过一些正在悄悄潜行的狐狸或郊狼，被山背后突然升起的月亮吓了一跳，在越来越亮的月光下灰溜溜地逃离，躲在附近的灌木丛中警惕地观察月亮，直到月亮高高地升上山顶，它们还是不知所措，对月亮的身份一头雾水，最后只能无趣地走开了。狡猾的野兽们对游弋不定的月亮一定

1 印第安妇女名，参见第9章。

非常恼火，它不合时宜地冒出来，常常破坏了它们预谋好的捕猎计划。

算了，还是让我们继续回到水径上来吧。一到傍晚，塞里索的郊狼们就不安分起来，它们把兔子从浅浅的地穴中驱赶出来，鹰隼也在兔子头顶上飞来飞去，它们这样做并不是出于机械的本能，而是过去的经验告诉它们，小动物们就要开始出来采集草籽和喝水了。兔子们率先上路，它们沿着水径轻快地蹦跳前行，一只眼睛和一只耳朵始终向山坡那边倾斜着，因为郊狼可能随时从那边扑过来。兔子是愚蠢的种族，它们只和同类打斗，爪子用来走路，打架的时候根本派不上用场，它们存在的唯一理由似乎就是做食肉动物的口粮。受惊逃跑的时候，它们像是装了弹簧一样能一蹦老高，但在去泉水边的路上，它们的步子很放松，也很稳当。它们很少喝水，之所以去泉水边，完全是因为鲜嫩的水田芥诱惑着它们，也是为了一起去凑个热闹。身边即便有潺潺流淌的溪水，它们还是更喜欢草叶上凝聚的露水，雨后，能够看见它们用后腿站立起来，娴熟地吸

吮着嫩鼠尾草尖上清澈的水珠。当然它们还是得喝水，在流经我家门前的小溪边上，经常能一早一晚看到它们。如果你在孤树泉边耐心等待，它们迟早都会全部出现。它们在这里完成交配，在这里嬉戏玩耍；小到一朵云的影子、一片被风吹落的叶子都可能惊吓到它们，但它们还是乐此不疲。在泉边，短尾猫会从黑色的岩石上向它们扑来，而天黑后，红狐在回家的路上也会把它们捎带上几只。白天，老鹰的影子追着它们不放，而一年到头，郊狼都全天候地等着向它们出手。

塞里索的牛是后来才有的，它们在黎明和黄昏饮水，在附近夕阳最后照耀过的温暖山坡上过夜，在第一缕曙光亮起的时候开始起身。这些半驯化的花斑阉牛的体内还保留着它们野生祖先的习性。可能它们早就找好了地方准备睡觉，不过在卧下之前，它们会像小狗一样团团转几圈。它们在朝西的山坡上选一块空地，在光秃秃的石头地面成双结伴躺下。夏末，牛群自动地或者是在牧人的驱赶下前往高山的草场。有一年，不知是因为迷路还是被牧牛人疏忽了，一头一岁大的还没来得及打烙印的牛犊走失了，直到这一季结束都没有找到。不过，要不是它，我也不可能在孤树泉巧遇一位不速之客。一天清晨，已经给吃掉一半的小牛尸体被发现躺在黑岩的脚下，泉边潮湿的地面上留下了一头美洲狮的脚印，这种野兽也叫山狮，或者别的什么更准确的名称。猎杀一定是在傍晚发生的，因为从脚印看，美洲狮来过泉边两次；食肉动物一般在进食之后才会喝水，这头美洲狮一定是吃饱喝足以后爬到黑岩上休息了一阵，然后又下来吃喝了一次。没人知道它从多远的地方来，但假如它第二天夜里再回到这里，会发现郊狼已经把它的战利品吃得所剩无几。

没人知道那些小动物什么时候来泉边喝水，来的频率是多少。它们的数目如此之多，在最后一场春雨和第一场冬雨之间，每只来一次，水径就会保留下来。大约在日光渐醺、微微泛黄、斜漫过山冈的时候，我见过獾(badger)来饮水。它们会找到水浅的地方，尽量不去弄湿自己的脚丫。早晨迟至九点，还能观察到老鼠和金花鼠(chipmunk)来泉边喝水。住在泉水附近的、个头稍大一点的欧黄鼠(spermophile)整天都忙忙碌碌，不定什么时候过来抓紧机会喝两口水。阴天里，田鼠会隔上很久才沿着水径偷偷过来一下。在夜里，你可能看不清这些小访客的模样，但泉水附近几英里以内的嫩草丛里都有它们活动的迹象，它们很显然是这里的常客。在某些珍贵的夜晚，在灌木丛中不长草的地方，白沙镀上了月亮的银辉，你能看见它们忙前忙后，不停地采集种子，但是要说谁最可

能在泉边看到它们，那还得是姬鸮(elf owl)[1]。这些长着斑点、贪吃的小毛球爱在洞穴出没，一到黄昏就翩翩起飞，飞向泉边，一路上捕食蚂蚱、蜥蜴和一些活蹦乱跳的小生灵。它们冲进洞里活捉还在睡大觉的田鼠，堵在金花鼠的家门口和它大战，集结在一起乌压压地降落在高高的杜松上。要知道，姬鸮本身不怎么喜欢水。我骑马夜游台地的时候，曾经在溪水边遇到它们从我的马蹄下扑棱棱地飞起，但却从来没有见过一只姬鸮喝水或者洗澡。姬鸮在泉水附近大量出现，只是表明那里出现了它们的猎物。泉水附近整夜都有沙沙声和柔和的鸣叫，偶尔伴随着动物临终挣扎的细小尖叫。在它们全部返回自己山冈上的栖息地之前，天已经大亮，如果小心地跟踪，别把它们吓得就近躲起来，你有可能跟着它们走很远，直到山坡顶的洞穴里。

在塞里索，成群结队的冠齿鹑(crested quail)是水径最快乐的访客。它们在早晨大摇大摆地过来喝水。大约就在穴居动物和所有它们的天敌都还在窝里睡觉的时

1 墨西哥和美国西南部沙漠地区的一种小猫头鹰，大小如麻雀。

候，大群风姿绰约的冠齿鹑一股脑地出现在水径上，摩肩接踵，互相推搡，嘁嘁喳喳地乱作一团。它们扑棱着跳进浅水中，挑剔地喝几口水，抖抖翅膀甩掉溅在漂亮羽衣上的水珠，用嘴巴理理羽毛，嬉戏打闹着，又一起满足地消失在灌木丛中。

冠齿鹑走后，麻雀和地栖的鸟类开始过来洗澡，它们大大咧咧、无拘无束，弄得水花四溅；中午，鹰隼也来了，它们斜吊着翅膀站在那里喘息，因为炎热，它们和所有的敌人休战了。一年夏天，一只走鹃（road runner）从低处的山谷跑了上来，它好奇地到处踅摸，四下偷看。它看不惯麻雀在水里洗澡，它自己是在树丛里，在明净的、充满希望的飞尘中沐浴；只要碰见麻雀在早晨戏水，它就会垂下闪亮的冠子，拉下华丽的尾巴与身体保持齐平，让自己看上去就像一条色彩鲜艳的毒蛇，佯装出一副战斗的架势，尖叫着上前吓唬那些麻雀。随即，它会突然直起身子，趾高气扬地走回山谷。它差不多一两天就会回来一次，只为看看那些愚蠢的麻雀是不是还在原地。

走出大约五英里以外，等塞里索完全淡出了视线，你可以找到一条让你从萨林平地(Saline Flat)直上布莱克山的古老小径，小径附近有一处水源的标志，值得你专程去看看。那是一个用石头垒出的圆圈，石头都很巨大，大到起码能经得起普通的风雨。石头圈留了一个开口，开口左右两边用差不多一样的石头排了两条平行线，中间安了一个箭头，箭头一端挨着开口对面的圆边。就这样，就像乌鸦会飞向泉水，它也能指示水源的方向。那是肖肖尼人先辈留下的水源标志，古老而权威。

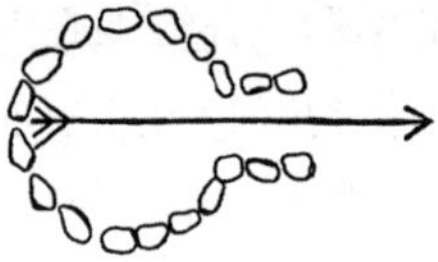

在盐井(Salt Wells)的荒漠里、在牧豆树峡谷(Mesquite valleys)、在瓦班的山坡上，你能找到同样的水记。在塞里索的另一边，开始出现黑色岩石的地方，有一处更为古老的、已被历史湮没的遗族的水记作品，距离泉水也就一英里远。这一带的岩石全是火山岩，暴露在外面的部分因为风吹日晒成了炉渣一样的黑色，而开裂后却是晶莹剔透的白色。泉水周围肯定是这个部落曾经的聚居地，遗址上到处镌刻着对今天的印第安人来说已经毫无意义的奇怪图形和符号；但有一个例外，那是在刚进入这片岩石区的地方，白色的岩体上雕刻着一个箭头，箭头下面是一个指示距离的符号和一个满是波浪线的圆圈，这幅石刻可以解读为："在此方向，三□[陌生的测量单位]处有一眼清甜的泉水；去找吧！"

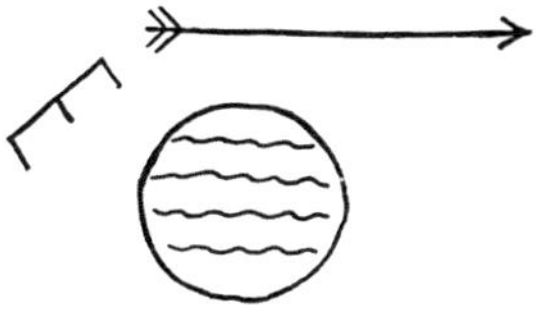

食腐动物

九月的一个清晨，天色如梦如幻，一辆辆笨重的白色大客车正歪歪扭扭地隆隆驶过加拿大人的聚居区。这时，有五十七只红头美洲鹫（buzzard）各自肃穆庄严地站立在蒂洪牧场（rancho El Tejon）的五十七根篱笆桩上。三个小时后，这些鸟儿也仅仅是扑扇一下翅膀，或者是交换一下站立的桩子。圣华金巨大晦暗的山谷中，季末的空气燥热不堪，呼吸起来就像往嘴里塞了一口棉絮一样。自始至终，所有的红头美洲鹫都立在篱笆和低矮的小丘上，为了透气把翅膀扇形打开。它们无所事事，臭气冲天地一起呆着，各个低垂着脑袋，仅有的交流就是偶尔发出的可怕呱呱声。

野生动物的繁殖与它们赖以为生的东西成比例：腐肉越多，红头美洲鹫就越多。连续三年的干旱就使它们繁殖得超乎想象。第一年里，鹌鹑就不怎么交配了；第二年，野燕麦颗粒无收；第三年，牲畜们倒毙在路上，头向着已经断流的水道。那一年，食腐动物像瘟疫一样黑压压地遍布在整个台地和没有树木的乱葬岗上。晴天的时候，美洲鹫飞到高空中，一动不动地悬浮几个小时。那一年甚至有一些翅膀底下带白色斑点的兀鹫（vulture）和它们混迹在一起。美洲鹫尽管生性粗鲁，但飞行的时候却很优雅庄重。它们身上肯定还有别的一些可以算作优点的品质，比如虽然说不上有多团结，但还算是很合群。

垂死的动物和食腐鸟共同上演了一幕肮脏透顶的悲剧。饿死是个缓慢的过程。头重脚轻、骨瘦如柴的牲畜徒劳地在路上挣扎，步履蹒跚、摇摇欲坠；它们强打精神，费力地站着；最终筋疲力尽地倒下，再也不会起来。刚刚遭殃的那一瞬间，它们的眼中满是恐惧，但后来就只有无奈的倦意。我猜想，这些不会说话的动物和人一样知道死亡意味着什么，只不过人更会想象罢了。最初的临死挣扎之后，它们的呼吸开始放缓，既然劫数难逃，也只有听天由命了吧！哪一头瘦骨嶙峋的牲畜最有可能成为下一餐？这需要非常好的辨别能力，但是食腐动物们很少犯错。一头扑上去，一群都会一拥而上。

牲畜倒下后，可能还会弥留几天。它们在地上无助地伸长脖子，呆滞的眼睛偶尔才转动一下，而且间隔时间越来越长。美洲鹫耐心地守在旁边，在牲畜彻底咽气以前既不去啄食，也不动爪子去撕扯。毫无疑问，让食腐动物来清理腐肉符合自然的经济学，但是被这些恶心的家伙不怀好意地盯着，被它们长时间地悄悄追踪，有时甚至被它们落在身上，这种痛苦太煎熬了，还不如被狼一下子咬断喉咙。假设现在是个人，置身于这漫长的、饿狠狠的监视中，那该有多悲惨。蒂米·欧希（Timmie O'Shea）在阿马戈萨平地没了水的补给，在他失踪三天后，朗·汤姆·巴塞特（Long Tom Basset）根本没看到别的迹象，就是看到有个地方红头美洲鹫正在俯冲而下，就直奔那里找到了他。汤姆说，他能听见它们翅膀的扑打声，甚至能踩到它们的

影子，但是欧希自己在遇难的第二天后就神志不清了。当我的朋友伊万(Ewan)从圣胡安山(San Juan Hill)[1] 回来时，他跟我讲了很多事情，特别说到，比起战场上的屠杀来，美洲鹫在送葬队伍前面倾斜着黑色的翅膀一哄而起的情景更让他毛骨悚然。

红头美洲鹫只能发出三种噪音，粗哑原始到完全不能称之为音符。第一种叫声是短促的呱呱声，是作为警报来用的，同

1 指发生在 1898 年 7 月 1 日的圣胡安山峰争夺战——美国和西班牙之间的一场血腥战役。

样的音节在声调上稍作缓和，可以用于所有普通的交谈。然后是大鸟对它们的孩子发出的一种咯咯的喉音。至于情歌嘛，我还真没听到过。再就是小鸟在巢穴里的喧闹声，但其实就是喘粗气的声音。很少有人发现红头美洲鹫的窝，成年人一般什么动物的巢穴都找不大到；按理，这样的好事只能落在孩子们头上。但是真要正儿八经找的话，还是可以在开阔、幽静的峡谷里或是人迹罕至的平顶山的崖顶上找到一些。一般都是三到四只鸟巢一起筑在粗矮的树顶或者已风化的峭壁上，而且完全暴露在天空下。

红头美洲鹫似乎总是成群结伙出现，但据观察，鹫群里雏鸟的数目向来稀少，就此看来，雌性美洲鹫并不是每年都会生育。至于哪些是幼鸟，这个在它们喂食的时候，凭体型大小很容易看出来；如果是飞上了天，那就关注一下它们前翅的光鲜程度，通常成鸟的都会黯淡一点。幼鸟第一次出巢觅食时，做父母的似乎纯粹被骄傲冲昏了头脑，发出一种迫不及待的咕咕声，雀跃不已。小鸟把食物又拖又扭的样子还是蛮好玩的，如果你不在乎它们在吃什么的话。

兀鹫的巢或者尚未离巢的雏鸟据说都很难接近，实际情况当然比传闻的更难。它们只在内华达山脉的南边活动，野性难驯，在附近没有腐肉时，它们甚至亲手捕杀活的猎物。它们会追着牧人，从一个营地追到下一个营地，也跟踪从山里回来的猎人，甚至从他手底下叼走猎物的内脏。

兀鹫因其身形彪悍和满身匪气为人称道，但其实它生性低调，不像红头美洲鹫那样喜欢耀武扬威。

渡鸦(raven)是内陆最不让人反感的食腐动物，它是沙漠山区的常客，当地人管它叫“食腐鸦”。它比其他的食腐动物都要漂亮和有风度。它的习性很讨人喜欢，据说性格也很乖巧。在肖肖尼人的营地里，一只驯化好的渡鸦可以配合人们玩很多游戏，它也很乐于成为人们逗弄的对象。除了不会讲话，渡鸦几乎无所不能，是孩子们的好玩伴，但也是个彻头彻尾的小偷。它几乎见什么吃什么——鸟蛋、地栖类的鸟儿的幼雏、种子，它还能灵巧地捕捉蜥蜴和蚂蚱；无论渡鸦正在干什么，只要郊狼从旁边悄悄地经过，它就会振翅而起，紧随其后；因为郊狼能够拖出来或者闻出来的任何东西，都是食腐鸦的大餐。

在食腐鸦的地盘，郊狼绝不会从巢穴里出来就开始猎杀，而是要先看看食腐鸦都聚在哪里。在一望无际的平坦台地上有一桩极好的消遣，那就是找一个风凉的早上，观察这一对儿假装爱搭不理地偷偷瞄着对方，一副听之任之的样子，却都心知肚明彼此是怎么回事儿。有一年水草丰美，但食腐动物的日子却不好过，我们在红岩看到过两只红头美洲鹫、五只渡鸦和一匹郊狼在分享同一具腐尸，这中间也只有郊狼似乎有点羞于与其他家伙为伍的样子。

野生动物是怎样彼此依存，又是怎样对同类行为进行认知的，对此，我们一向都算不上了解。我曾经目睹了五头在帕斯特里亚(Pasteria)和图那威(Tunawai)之间的蒂洪(牧场)活动的郊狼合力捕杀一头掉队的羚羊，那是一场精心策划的接力赛，当时除了我在一旁观战，还有一只从皮诺斯山(Pinos)飞来的雕(eagle)，几只仿佛从无形的以太中凭空现身的美洲鹫，以及像一群准备上街打架的男孩子一样成群结队赶来的老鹰。灌木丛中，兔子坐立起来，支棱着耳朵，虽然这场狩猎近在咫尺，但它们觉得这一次自己还算是安全的。而树林深处没有受到任何波及，冠蓝鸦(blue jay)根本就懒得出声。鹰尾随着獾，渡鸦尾随着郊狼，而在自己的空中驻地，红头美洲鹫们彼此虎视眈眈。一代新生的动物是如何认知它们邻居的那些行为的？有多少是自学的，又有多少是靠长辈传授的？这是个值得探讨的问题。

食腐动物的活动范围非常广，一个地方的食腐动物是多是寡？除非亲眼所见，不然谁也说不准。一出现腐尸，美洲鹫就会一拥而上，而此后你可能逛上三天也不会再看见一只。从莫哈维到雷德比尤茨(Red Butte)，一路上都是沙漠，几乎看不见水流，更别说草地了。在南方雨水匮乏的年份，沿着这条路，数以千计的畜群被赶往高地上四季常青的草场。漫漫长途，举步维艰，一路上呛人的灰尘淹没了人的脚踝，脚下的灰尘在沉闷的空气中扬起，飘浮在牲畜们龟裂的脊背上。在最糟糕的年景，三头牲畜中就有一头衰竭而死，倒毙在路旁。在红岩(Red Rock)的隘路上，绵羊的尸体堆积成一条臭气熏天的甬道——全都是受了日头的荼毒。红头美洲鹫、兀鹫和郊狼都从四面八方赶到这片屠宰场似的地方，根本顾不上去清理其他地方，比如蒂洪、塞里索和小羚羊谷的腐尸。那整个夏天，这些地方死去的动物要么暴尸荒野被风干，要么就是慢慢沉到泉水干涸而成的苦水沼泽里。与此同时，从红岩到郊狼洞再到海威(Haiwai)的广大地区，满眼都是正在狼吞虎咽、大饱口福的食腐动物。

如果有的选的话，郊狼不会食腐，它更喜欢自己捕猎，但总的来说，它太好逸恶劳，所以还是堕落到吃腐肉。红狐和短尾猫偶尔迫于饥饿也会吃点死物，但它们只吃那些死于其他动物猎杀的，若是自然死亡的，它们可是碰都不碰。至于人用过的食物，它们更是超级顾虑。

北美星鸦(Clark’s crow)干净漂亮的外表很难让人想到它是食腐鸟，而且还是山间营地的惯偷。大家都叫它“营地飞贼”，这可是它自己赢得的“好”名声。营地的垃圾远不能满足它的胃口，有机会它就会啄开粮袋偷走囫囵个儿的土豆，它对熏肉更是情有独钟，能在装熏肉的容器上打洞，只要不是锡制的罐头，什么都能搞定。就这样，它还不忘对金花鼠和麻雀骂骂咧咧，就因为它们叼走了宿营者脚下聊胜于无的那点儿面包屑。“营地飞贼”一身灰色外衣，翅膀带着黑白条纹，喙很纤细，再加上落在树干上的某些动作也和啄木鸟很像，让你完全可以指责它有冒充之嫌；但从行为上看，它绝对是只“鸦”。它总是喋喋不休，发出松鸦一样刺耳的尖叫声，在山腰处的松林里飞进飞出。它，还有欢快地摇着尾巴的金花鼠把营地打扫得多干净啊！从不漏掉任何一点面包屑、果皮和蛋壳。

营地位置再怎么高，都不可能建在林木线以上，它这点高度对郊狼、短尾猫或狼来说真不算什么。经常有宿营者抱怨树

林太冷清，没有野生动物活动。但是，在野外，你什么时候看到过完好如初的动物尸体？或者有哪块没来得及收好的猎物没被其他动物摆弄的？你要不去试试看，晚上把内脏啥的下脚料扔在营地外面，第二天一定能看到很多动物的脚印。

人总是像冒失鬼一样在树林中乱闯，要知道，除了熊，没有什么动物会像人这样弄出这么大响动。既然你都大张旗鼓地提前发出警告了，只有那种愚蠢到家或者胆子特别大的动物，还没去找个安全的地儿躲起来。最狡猾的猎手也会成为别人的猎物，而它留下的猎物成了其他动物的美食。这就是自然的经济学，但显然它没能算计到人干的事情，食腐动物也消灭不了锡罐头，没有野生动物会像人这样在林地里留下一堆破烂。

寻金人

我对第一次见到他的情景记忆犹新。当时我在晚霞中信步走来，准备去偷偷观礼白色吉莉花的婚礼，这时候我真切地闻到了鼠尾草燃烧的气味。这种气味能传得很远，通常表明附近有人宿营，但我一眼望去，我却只看到平顶山上高高的狄安娜鼠尾草（Diana's sage）。此时，白色的新月出来了，乘着朦胧的月色，我越过山顶，追寻着一道魅影般飘摇的炊烟，来到了它的源头，撞见了这个寻金人，在一片相对宽松的灌木丛中，他打理出了一块干燥的地方，正准备宿营。他像裁缝一样盘腿坐在沙地上，咖啡壶架在木炭上，煎锅里的晚餐已经准备就绪，他自己也正想找人唠唠嗑。他的驮驴们似乎觉得主人喂的鼠尾草太干，把他晾在一边，戴着脚镣子四散开去寻找更为爽口的食物。

自那以后，我们经常遇到这个寻金人，他要么正要通过那些刮风的山隘，要么就在沙漠丘陵里某个水坑边休息，次数多了，我们渐渐就了解了他的生活方式。他是个驼背的小个子，面相、举止和言谈都毫无特点，有些弱小的生物遭遇捕猎的时候能随环境变色来保护自己，似乎他也有这样的天赋。我就记得，他穿着老土，衣服上总是纵横交错地染着一道道锅灰，他还有一个古怪的习惯，就是喜欢张着嘴巴到处走动，这使得他的表情有点傻气，不过你要是离他足够近就会发觉他正没完没了地哼着一支无词小调。大部分的时间他都在外长途旅行，随身携带的炊具虽然简单却五脏俱全。一口煮豆子的锅，一个咖啡壶，一口煎锅，一个用来搅拌面包的锡罐——在需要时也用来喂驴——就是凭借这些东西，他走遍了半个西部世界，并且安然返回。我们刚认识的时候，他曾向我面授机宜，告诉我去山里带什么样的食物为好：不能要发黏的，免得“弄脏了锅”；不要“带汁的”，那样不好包装携带；也不要容易发酵的。他不用枪，但是他会在水坑边下套子捕捉鹌鹑和鸽子；在盛产鲑鱼的地方则能用鱼线钓鱼。他根据

载重情况会用到一到两头驴子，驴子主要的优点就是好养活，给它们吃土豆皮和柴火就够了。在丘陵地区，他曾经使用过一匹马，但进了沙漠以后，能给马吃的只有牧豆树了，而他还得亲自动手从牧豆树上摘豆子来喂马，这个苦差事逼得他后来开始使唤能把荆棘刺当美味的驮畜。

我猜没谁开始就一根筋地想做个寻金人。他一定得生来就具有这种才能，然后再加上机缘巧合，这就像已经配好溶液的试管，只需轻轻敲一下就能诱发结晶反应。我的这位朋友以前也做过几样不值一提的工作，直到后来他在李矿区（Lee District）发现了一个价值一千美元的矿囊，从此才操持起这个行当。你要知道，矿囊就是一小块单体的或者附生在贫矿的某条矿脉里的富矿石。几乎每个矿层里都含有这样的东西，运气好的话，不费多大力气就能撞上一个。发现一个优质矿囊的人，明智的话，最好是找人收购，自己则从此金盆洗手。当然，如果再接再厉地去找一个也算顺理成章。我的这个寻金人朋友，已经找矿找了二十年。他全部的工作装备包括一把铁锹、一把鹤嘴锄、一面保养得比他的餐碟还要干净的淘金盘，还有一只袖珍的放大镜。当他遇到一处河道，他会淘洗河床上的沙砾，看看“成色”，在放大镜下判断它们是来自远方还是近处。他像这样沿着水道溯流而上，一路勘察，直到发现某个含金的露头矿脉呈扇形没入溪流的地方；然后他攀上露头所在的峡谷的这一侧，直到最终找到矿脉的准确位置。我记得他说过，小矿囊上最明显的标志是有铁锈色，可惜我从来都跟不上矿工们的话头，没法学会这些找矿的知识。在没有水流可循的山地，他另有一套办法，他会在迷宫般的山壑间爬进爬出，考察地层流形面上矿物的缠绕情况，这里的地质结构复杂多变，似乎从形成以来就没有冷却固定过。蜿蜒逶迤的内华达山脉穿过大雪区与沿海的山峦汇聚，他就是从大雪区的内华达山脉的东坡启程，爬过整个斜坡去往特拉基河(Truckee River)流域，如果不是那里漫长的严冬的阻碍，他甚至还会继续向北。返回时，他不走原路而是沿着与原路几乎平行的另外一两条山脉往回继续找矿，一路走一路在沙地里忘我地挖掘着朝着沙漠方向来到了莫哈维河的落水洞。这片土地广袤神秘、遗世独立，如此美丽又如此可怖，但他却在其中毫发无伤；土地待他和一只囊鼠或獾一样没有区别。在它所有的居民中，土地最不在意的大概就是人类了吧。

矿区养活着一大堆奇奇怪怪的人，这些怪人还总觉得别人另类，彼此瞧不起。在这些人中，我觉得寻金人算是挺招人待见的了，因为他讲话不带脏字，和我很谈得来。比起那些灰头土脸、过了气的老矿工们，一样的事情从他嘴里说出来总是有趣得多。那些老家伙被叫做“科约丁”，

那意思是说他们总是像郊狼（土话中叫做科约特）一样闷头在人迹罕至的山腹里挖掘着什么。像这样的人若是在贫乏的铅矿中发现了一大块还不错的矿石——切记，永远别指望我把术语说准确——这块矿石会引得他不管不顾地进入深井围岩的核心，一心期望着，挖掘着，期望着。这一刻，这些人被一种无害的妄想冲昏了头脑，以为自己真的和巨大的财富只有一墙之隔——他们大多是可爱而单纯的人，你完全可以和他们相处甚欢，就是千万别借钱给他们。我也认识那种“借贷采金人”，他们都是善于游说的恶棍，以分享他们可能探得的矿藏的消息为条件，要求你向他们供应面粉、猪肉和咖啡；但他们中没有一位像我们这个寻金人朋友一样值得信赖。他从不求人，只想自得其乐，就像这样我行我素地生活下去。如果你的身子骨也和他一样好，他的这种生活方式倒也不错。寻金人已经达到了一种境界，对他来说，不存在什么坏天气，只要是户外，他在哪里都逍遥自在。而我自己还不知道得要多久才能修行得像他那样对各种天气变化都视若无睹。我自己一直都受不了一惊一乍的暴风天气，受不了尘土飞扬、经久不息的龙卷风，受不了落在山岩上的滚滚惊雷，还没等风暴超出我的身体极限，我就早已经心力交瘁、疲惫不堪。但是探矿者和印第安人显然与我不同，他们身上似乎一辈子都带着某种对坏天气免疫的保护壳。

寻金人目睹了自然的伟力和人的暴力所造成的破坏，感觉自己全然在一种惩恶扬善的“全能”力量的掌握之中；但他唯独对于死于疾病这种可能不屑一顾，固执地相信自己再怎么样也不会是病死的。有一年，风暴肆虐，山体的正面首当其冲被刮得满目疮痍，他当时正呆在葡萄藤峡谷(Grape-vine Canon)里。他在风暴之翼的笼罩下走了一整天，紧赶慢赶希望能甩掉它，但发现直到夜晚，它都在后面跟着。他猜测，这样下去，八成要下场倾盆大雨，不过也说不准，他就踏实地酣睡了过去。但是他身上对天气的直觉并没有入睡。夜里，大山背后的天空被雨幕遮蔽，风暴阵阵嘶吼，声声入梦，混合在他的梦境中，竟使他在梦境中行动了起来，起身避开了暴风雨。在洪峰经过时，他刚好是被紧紧地拴在边上的一团灌木丛中。脱缰的洪水掀起的浪花就在一旁抽打着他，洪流中被裹挟而下的松树干不断发出断裂、碰撞的声音，这一切终于惊醒了他。洪水冲毁了比尔·盖瑞(Bill Gerry)的小屋，比尔被冲到了七英里以外、葡萄藤的谷口，一丝不挂、不成人形地躺在一处沙洲上。当太阳升起，暴雨平息，寻金人发现了他并掩埋了他的尸体；而他把自己能够逃出生天完全归功于天意对他的神秘眷顾。

寻金人的行程常常让他进入热溪(Hot Creek)上面的神秘地带，那里有一股隐蔽的力量像鼹鼠一样在地表下兴风作浪。它神出鬼没地变着法子捣鬼，让人们弄不清楚到底是什么在作祟，反正都叫它是恶魔。它会悄悄地爬上整个山坡，带着高温暗中为祸，直到你注意到松树林的树尖在不知不觉间枯萎凋零，它才暴露形迹；在烧焦了一大片上好的树林之后，它又返回地下，化身蒸气在那些多年前就停止活动、早已千疮百孔的岩层裂隙间吞吐、喷薄。它会突然在清澈的溪流中央煮沸了溪水，让那一处泡沫翻滚，又或在浅滩上制造了一片滚烫的流沙，择人而噬。寻金人对这些怪状带有一种病态的兴趣，就像有人在一片高尚街区偏偏中意一幢名声很臭的房子。其实我又何尝不喜欢听他单纯地聊聊这些奇谭怪闻，只要他不用那种矿工们才懂的、带有迷信色彩的无聊术语来解释这些现象。寻金人是个十足的故事大王，只要我能让他忘记“矿脉”“走向”和“接点”这些采矿的术语，他就能令人陶醉地聊起小河的水枯水涨，布莱克山上面矮松的长势，还有牧豆树谷的狼群。我猜他从来没意识到，是野兽和树木给了他人人必需的家和友情的感觉，他是多么地依赖它们，期待着在老地方遇见它们、看见它们——比如那一到春天就跑到派恩溪(Pine Creek)、在水边长满草皮的隐蔽处捕捞鲑鱼的熊，以及那株长在孤树泉边的杜松，还有帕迪·杰克(Paddy Jack)本地的鹌鹑。

在瓦班，怀特芒廷(White Mountain)之南，有一片平地长满了雪松，顺风势搭起了一顶顶略略倾斜的帐篷，形成了一个可以遮风避雨浓荫遍地的庇护所，下雪的时候，野绵羊就在那里过冬。伐木人和探矿者向我提到过那个地方的传闻，但是寻金人给我讲了他的亲身经历。那是一年刚入冬的时候，众所周知正是大风暴随时而至的时节，他从中午就开始登山，试图找到最近的路径穿越暴风区。天气越来越冷，白茫茫的大雪让人失去了方向，雪迹斑驳的小路最终被风雪彻底地抹去；积雪随风飘扬，掩盖住了路标，天黑得也早，越来越厚的积雪也开始模糊不清。根据寻金人的叙述，他知道当时自己大致的方位，但说不准精确的位置。三天前他是在死谷西半部，在没踝的流沙中干渴难耐；现在他在瓦班高地上，在齐膝深的积雪中浑身湿透，两种情况都只容他做一件事情——就是不停地走下去。实际上，那也是遇到暴风雪之后唯一能做的事。寻金人的生活方式激发了他的某种生物本能，兴许正是这种本能引导他找到了那处雪松庇护所；不管怎样，在天黑四个小时之后，他总算是找到了那里，听到了羊群沉重的呼吸声。他说，如果他在这个关头有什么念头的话，一定是以为自己碰见了被暴风雪耽搁的牧人和他傻乎乎的绵羊；而事实上，除了羊群挤在一起散发的温暖，他当时啥也顾不上了，立刻就钻进了羊群中，依偎着它们昏睡了过去。夜里，如果羊群有点骚动，他也迷迷糊糊地跟着移动，始终保持与羊群在一起，挨过了一整夜的风雪。他就这样一直睡到清晨，醒来看见一个银装素裹、闪闪发亮的世界。这一刻，他瞠目结舌，如同醍醐灌顶，看见上帝差来拯救他的野绵羊就站在自己周围，在雪松的篷顶下轻轻摇晃着巨大的犄角，一起注视着奇妙的雪景。随着天色大亮，它们从他身边挪开，对他不理不睬。阳光四处弥漫，周围白雪皑皑，一座座琼楼玉宇仿佛从海上升起，飘浮和游弋在蔚蓝的天空中。乌云四散开来，在峡谷中汹涌鼓动。头羊轻轻地在枯枝落叶上踏蹄，催促着羊群准备动身，它们猛地开始启动，轻盈地高高跃起，健步如飞地奔下山坡，离开了瓦班。想一想这一切发生在一个寻金人身上！尽管有过很多别人梦寐难求的幸运经历，但寻金人关于野兽的知识总的来说有些乱七八糟。他相信蟾蜍的毒液有神奇的功效，迷信能防蛇咬的护身符，还有，我最受不了的是他和所有其他矿工一样，对我的朋友郊狼怀有偏见。小偷、鬼鬼祟祟、贼崽子，这已经算他用在这荒野小灰狗身上最友善的词汇了。

当然，凭着这么多次的搜寻，他偶尔也能碰上多少有点价值的矿囊，否则也无法维持他的生活方式；但是他经常是捡了芝麻丢了西瓜，发现小矿囊的同时，错过了大的矿脉。他曾经走遍了整个托诺帕（Tonopah）地区，但除了一些漂流矿石，他没能发现任何可以预示这一地区几年后就会富甲一方的东西。他声称在加利福尼亚金矿区凿下过一些裸露在地表的矿岩碎片，没觉得它们有值当带走的价值，这样的事情虽然不少，但他还是毫不沮丧、干劲十足。

有那么一次，当时的天气反复无常，我们在一条陡峭的山路上遇到他在搬行李，我观察到他的行李都装在一种绿帆布袋子里，如假包换，那可是一种正宗的“公事包”，我只在英国小说里看到过描写。在这人迹罕至的西部，这种袋子格格不入，所以我就在路边停下，一边俯视着广阔幽暗的山谷，一边向他打听绿帆布袋的来历。他告诉我说，这是多年前他在伦敦弄到的，这还是我头一次知道他出过国。那是他凭着“天大的好运”找到一处富矿之后，才有的一次豪华之旅，这次旅行带给他的收获除了这几只他觉得挺实用的绿帆布袋子以外，就是让他有了更大的野心，希望在一夜暴富之后，有机会置身于伦敦显赫的中产阶级中间。对他来讲，富裕的英国中产阶级有着令人难以企及的翩翩风度，他幻想着像他们那样有足够的底气在小人物面前盛气凌人或者降尊纡贵，当然，他不会像我这样说得这么直白。

那以后，我就没有他的消息了，两三年之后，我才得知他从一项放弃矿穴所有权的赔偿协议中获得了一万美元，终于如愿以偿的寻金人立马奔赴伦敦挥霍了这笔幸运之财。曾经对他格外眷顾的土地似乎不再想念他，但我却不能对他释怀，念念不忘地期待他又突然出现在我面前。还真是！就在一两年后的一个黄昏，凭着一种强烈的似曾相识的直觉，我循着一道炊烟，来到一处泉水汇聚成的水坑边，看到一个人正坐在篝火旁，火上坐着一只咖啡壶和一口煎锅。我一点也不惊讶，那正是寻金人。看吧，谁都争不过命啊！

肖肖尼人的土地

我终于踏上了肖肖尼人的土地，但在这之前，很久以前，我就已经通过温尼纳普(Winnenap)的眼睛，在他那片玫瑰色的、迷雾般的追忆中看见过它，并且一见倾心，再见如故。这名巫医坐在营地的金色山坡上，视线越过苦湖(Bitter Lake)眺望着穆塔兰格(Mutarango)紫色的峰顶，如数家珍地提起他记忆中的那些美好地方，就像在言谈的海洋中，从一座被祝福的小岛划向另外一座小岛。温尼纳普是肖肖尼人的后裔；虽然他的名字、他的老婆孩子以及他的亲戚都属于派尤特人，他却心心念念地眷恋着肖肖尼人的土地。一日为肖肖尼人，终身为肖肖尼人。温尼纳普小心翼翼地生活在派尤特人中间，却又打心底里瞧不起他们。还好，他能跟我讲一口差强人意的英语，而且，如果话题是肖肖尼人的土地的话，他会讲得特别来劲。

白人当局促成了本地真正意义上的长治久安，出于实现长久和平的需要，他作为人质被留在了派尤特人中间。话虽如此，就算现在再也接不到自己部落的任何指令，也没有什么势力还有法律效力逼迫他信守过去的惯例，他还是坚守着自己的信誉和他那业已消失的部族的承诺。他一直都在派尤特人的地界，直到自己的孩子又有了他们的孩子，但他最钟情的还是自己家乡那绵延数英里的沙地和那彩虹染就的山冈。他谎称从做人质那天起就再也没看见过它们；但是每年大约雨季结束的时候，在太阳从南方跑来对我们发威之前，这巫医都会出发去山里采药，然后，当他回来的时候，我看得出他的神情又添了一份坚忍，他的回忆又增加了一点新的亮色，我就知道他避开人们的视线，又一次独自去了肖肖尼人的土地。

要从营地抵达那片土地，你要一路向南、再向南，这期间，你耳中会不断传来那没有潮汐的大湖哩哩啦啦的流水声，然后等你向南偏东越过一片起伏的高地，那里除了一畦畦的鼠尾草什么都没有，就会来到一片色彩缤纷的群山之国。你将看到火山口古老的红色锥坑，荒废的矿床，滚烫、苦涩的泉水，还有从鳞状的土壤中喷发而出的蒸气。群山后面是黑色的岩石，然后是火山口，是已经冷却的熔岩，厚厚的火山灰，以及犬牙交错的裂隙。峭壁上深深地雕刻着象形文字，为那些迷途的人标出道路。而就在黑色岩石区域的边缘，大地陷落，形成了一片空旷的洼地，那就是肖肖尼人的土地。

这片土地的南面群山耸立，山色湛蓝深秀，之所以那么蓝，是因为山上浓密地覆盖着美洲茶树（ceanothus）和熊果树（manzanita），那里是鹿群出没的地方，也是肖肖尼人的边疆。而东边的地界，一路上都是断裂的山脉，荒无人烟的狭窄山谷，直插天际的高大台地，而向东、再向东，路途遥遥没有人知道它的尽头。

这里是加拿大盘羊（bighorn）、麋鹿和狼的国度，是红头美洲鹫的筑巢之地，是被云雾滋养的树木以及其他那些没有水源也能生存的野生生物的家园。最重要的，它是墨西哥三齿拉瑞阿灌木和牧豆树的故乡。在这大荒之野，牧豆树是上帝的杰作。它浑身带刺，身形粗壮，根结盘固地扎堆长在开阔地上。长风在山谷中呼啸而过，风沙埋住了牧豆树一节又一节较低的枝丫，积沙成塔，形成一座座金字塔形的沙丘，沙丘顶上，牧豆树的嫩枝郁郁葱葱。在沙堆下十五到二十英尺深、雨水似乎都可能渗透不到的地方，牧豆树的主干开始生长，它们往往能长到一码(三英尺)粗细，和橡树一样坚韧。你要挖寻大型的木料就要去肖肖尼人的土地，它们就长在那些向南敞口的沙地里。高处的平顶山上，低矮的杜松和矮松林相间而生，树冠浑圆、绿意盎然。而就在这些各自为营的林子中间，但凡敞亮平整的空地上就生长着一簇簇长羽般的野草。

有的是时间和地方，这就是荒漠里的丘陵给人的感觉。在这儿，树木自由生长，直到亭亭如盖；每种植物都尽力成长，以臻完美。那些拥挤在田间、令人讨厌的杂草，在这宽敞的地方反而长不茂盛。只要你能和一个印第安人生活足够长的时间，通过他或者其他野生动物，你就会通晓这些长在边境上的植物的种种用途。

什么样的土地决定了什么样的生活方式，只有顺应环境，才能做到安居乐业。肖肖尼人活得就像这里的树木一样，彼此之间只是遥遥相应，他们或者是夫妇两人一组，或者是以家庭为单位，找到一处难能可贵的泉水，在泉边搭建起茅屋。茅屋超过两座，就算是个大家庭了。他们的棚子做得很轻便，因为他们会经常旅行，而且行程很远，鹿群在哪里吃草，种子在哪里成熟，他们就跟随到哪里。虽然这副样子很是孤独，但比起在此地栖息的其他生灵，也算不上什么。

每年都大致如此。采摘完矮松果，部落的人就聚集在朝南的温暖山坡上，对部落遇到的问题进行一年一度的协商，跳驱魔舞来治病，举办婚礼、丧事以及行刑。还有就是互相交流可能有用的消息：例如，鹿群是否换了吃草的地方？野羊是否返回了瓦班？或者某些泉眼是满着，还是干了？肖肖尼人在这里集体过冬，一起编篮子，合力狩猎那些被迫从冰天雪地迁移过来的大型动物。而这些就是他们通过这一刻的短暂交流，从同胞这里得到的全部好处，毕竟现在已经没有战争，他们许多古老的手艺也早没了用武之地。就像植物一样，在离群索居的状态下，人类也一样会养成一套自给自足的生活机制。任何一个肖肖尼人的家庭都有自己的主心骨，他让家里人丁兴旺，给家人搭好房子，备足吃穿用度，替他们祛病消灾，并把家里打扮得漂漂亮亮。

当云霁雨收，雨季结束，人类祖先从伊甸园向东迁徙的那种本能[1]又开始撩动这些肖肖尼人。他们一个个挈妇将雏踏上归程，就像候鸟返回自己的老巢。春天在肖肖尼人的土地上拉开了序幕——哦，多么柔美的景色啊！——烟雾袅袅间总有一股馨香浮动，发白的矮灌木上绿意朦胧，银色的沙地上花团锦簇。数不尽的野花熠熠生辉，在短暂的冬雨季节后，兀地满地绽放，有的花儿叶子长满丝滑的绒毛，有的发黏带刺，而有的就根本没有叶片衬托。它们大多在清晨和傍晚开放，全都是强大的播种者。少雨的年份，它们就安躺

1《圣经·旧约·创世记》，亚当和夏娃被逐出伊甸园后，在它东面择地而居。此处指肖肖尼人迁徙的本能。

在扬净的沙土里，不去开放，就像它们这一品种已经灭绝了一样。暴雨频频的年份，它们则密密地绽放，以致嗒嗒的马蹄下都是翻飞的鲜花。这样的年份里，茂密的蕨类植物和一团团藤本植物肯定会铺满山丘间的谷地。

当穴鸮唱起情歌唤醒台地上的黎明，沙漠里的泉水边也响起哀鸽（mourning dove）的呢喃。在繁殖季节来临之前，鸽子们在烟雾缭绕的清晨发出甜蜜的叫声互相试探。在它们大量集体出没的地方，总能找到丰沛的水源。而就在泉边，你能发现灌木丛中有一些巧妙的掩体，当鸽子们前来喝水的时候，肖肖尼人就从那里向它们放箭。

现在，有人声称我所说的这些“肖肖尼人”无权使用这个名字，它属于居住在更北方的一个部落；但他们真的是当之无愧的“肖肖尼人”，对一个印第安人来说，你不用他部落的名字称呼他，是对他最大的冒犯。根据他们的习俗以及所有信得过的证据来看，他们确实曾是个伟大的民族，占据着从他们现今领土再向东和向北扩展很远的大片土地，后来才被派尤特人赶走。这两个部落之间，夙仇旧恨至今余烬未消。

温尼纳普向我说起过他小时候的事。那个时候，派尤特人的地界就是肖肖尼人的死亡线。有那么一个令人难忘的春天，他曾和另一个小伙伴发现了一处红头美洲鹫的巢穴，但那地方需要越过边境走过去一点。他们俩兴冲冲地想去洗劫那些巢穴。哦，根本没有别的目的，自古以来的男孩子们都一个样子，他们掏鸟窝纯粹是为了好玩，等把鸟蛋偷到手，就把玩一番，当做一件稀世珍宝向其他小伙伴显摆一下，随后就扔掉了事。就这样，也并非故意去冒险，他们大着胆子爬过一道山沟，越过一片鼠尾草平地，穿过一堆砾石的废墟，来到一片参差不齐的松树林，凭着锐利的好眼神，他们早就看出这里有红头美洲鹫筑巢。

讲到这里的时候，巫医激动得浑身发抖，他对我说，成功越过边境之后，他们变得愈发冒失，一直滞留在树林里，结果看见了一支派尤特人的狩猎队从自己和他们的领地之间通过。那会儿还是上午十点，接下来的整个白天直到天黑，这两个男孩蹑手蹑脚地一路匍匐攀爬，从卵石堆爬到灌木丛，再从灌木丛爬到卵石堆，有顺坡的地方就滑下来，在经过矮小的仙人掌丛和暴露的沙地的时候，他们心惊胆战、汗流浃背，最后绕了很远的路才回到自家的领地，这时他们早已蓬头垢面，累得上气不接下气。而温尼纳普自始至终都带着那些红头美洲鹫的蛋，就装在他那单层的鹿皮裤子里！年少的肖肖尼人就像鹌鹑的幼雏，天生就懂得如何觅食和躲藏，能学会文明世界的孩子永远学不到的东西，一察觉危险迹象或者看到陌生事物，马上就一动不动，并且能这样一直保持下去。

至于说到食物，那几乎是可以遍地取材，主要取决于他们想不想吃。沙漠印第安人都吃一种大型蜥蜴(chuck-walla)，这种身上黑白相间的大蜥蜴肉质白嫩鲜美，味道像鸡肉。肖肖尼人和郊狼都喜欢沙漠陆龟(Gopherus agassizii)的肉，这种龟吃草木的嫩芽，不喝水，在沙子里掘出洞穴过冬，据我们所知能够活上二十五年。在这不毛之地，似乎大部分种子都可充当食物，大部分的浆果也是可食的，许多灌木就算本身还没有干枯，也照样适合做柴火。牧豆树结出的豆荚无论是螺旋状还是笔直的，它的豆子都可以捣成粉，煮成糊，晾干成饼。饼呈硫黄色，硬得要用斧子才能砍开，是长途旅行的绝佳食品。把这种饼泡上水和野蜂蜜、蜂窝一起发酵，就成了一种微微醉人的可口饮料。

春末夏初是肖肖尼人的土地最美的时节，游客们能在清晨看到白亮的鹿星[1]像一支火炬般低悬在山峦的上空。它跃上温尼杜马(Winnedumah)山脉之后，又坠向萨林平地，然后再次爬升到牧豆树峡谷的边缘。你不需要带帐篷，如果有需要，就请印第安人帮忙搭建一个小棚屋。他们会先把几根柳木竖在地上围成一个圆圈，把上端扎在一起结成一个拱顶，再用细藤条把柳树干巧妙地穿插固定起来，上面的叶子都保留着，让你在夜晚能透过缝隙数星星。但你再也遇不到谁像温尼纳普那样讲述肖肖尼人的土地了，只有他才能讲得那

1 即天狼星。派尤特人的传说中，一位年轻的猎人追逐一头鹿来到天边，一起变成了这颗星星。

样引人入胜。

如今，温尼纳普不会再讲了。和大多数派尤特人巫医的下场一样，他死了。

当部落选定了一位巫医，他的命运便随之盖棺论定。很少有人主动去承担这份职责，但被选中的话却绝不容推拒。它附有一个苛刻的条件，那就是，如果累计有三名病人经他手治疗后死亡，巫医就要被废黜并赔上性命。

外伤对印第安人来说不算什么，他们对治疗骨折和枪伤都很拿手，但是麻疹、肺炎和天花就超出了他们的理解范围，只能视作巫术的范畴。温尼纳普做了十五年的巫医。他对各种草药的疗效了如指掌，除此之外，他也很懂得如何滑头地使用自己的特权。他有权拒绝接收病人，如果这病人已经接受了别人的治疗，例如白人医生，许多年轻的一辈人现在都会找他们看病；或者，对于看不好的病人，他能咬定这人的失常是因为某种超自然力量导致的，比如说充满怨恨的邪灵正化身郊狼在周围出没，这大大地超出了巫医的能力，

如果他的说法能让人信服，就能逃掉

惩罚。他肯定不能总这样推脱。但就算这些招数都失灵了，巫医还可以自己躲起来。在那次麻疹疫情爆发的时候，温尼纳普就是这么做的。他这一年又出门去采药，返回时在黑岩听说爆发了瘟疫，就避开并消失了一段时间，直到瘟疫自行平息，他才返回自己的地方。而那时候，部落一半的小孩子都已夭折，浑身起泡，被草草埋葬。

也许这事儿是温尼纳普的哪个病人不小心泄露出去的。白人曾经严惩过向巫医行刑的印第安人，所以山谷中已经有十二年没有一位巫医被杀了。大雪的冬天，一场猝不及防的流行性肺炎夺走了众多印第安人的生命；从湖边向北，一直到熔岩平地(lava flats)，很多人死在巫医为他们治疗的发汗室里，即使是白人医生的药也无济于事。

瘟疫爆发两周后，派尤特人召开会议讨论巫医的过错。他们痛心疾首，人人自危；会议最后决定，每个部落都必须拉出一个巫医受审，按古代的刑法处死。但是，当地受过学校教育、明事理的年轻人

E. BOYD SMITH

对这些老规矩不置可否，于是审判停顿在判决和执行之间。在三棵松（Three Pines），政府的教员抬出有影响力的白人，对那些食古不化的部落威逼利诱，好言相劝。而在图那威，保守党人请来了鼎鼎大名的派尤特人演说家——那个温和的老骗子约翰逊·赛兹(Johnson Sides)，去内华达向他的族民慷慨陈词。镇里的居民也拿出了食物，送去了慰问，这一季过去之后，事态就平息了。

但是在马弗里克(Maverick)这里，没有学校，没有演讲，也没有能让人得到安慰的补给。部落里三分之一的人都死了，活下来的人则迁怒于巫医，要杀死他们。温尼纳普预见到了这种局面，他一连几天都在不停地踱步，或者一个人枯坐，与家人若即若离，准备以一个肖肖尼人的身份去迎接他的命运。无疑，等待的过程让他度日如年。最后，终于来了三个男人，他们没有打招呼就坐在他的火堆边，温尼纳普知道他的时辰到了。他从那几个人身边稍微转过身去，下巴贴着膝盖，平静地呼吸着，望向肖肖尼人的土地。女人们走进草棚，用毯子蒙住了头。

自从被禁止了杀戮的行径，印第安人的野性和血性丧失殆尽。执刑的刽子手们需要灌点酒，或者大声吆喝几声才有勇气完成杀人的工作。锋利的短柄斧最终还是落下，完成了部落交付的使命。后来，他的女人们埋葬了他，一袭暖风从南方吹来，病魔的力量土崩瓦解，仿佛连她们也默认了部落的英明。那年夏天她们告诉了我一切，除了那三个杀人者的名字。

既然我们在这里建造了自己的天堂，无疑我们对死后的天堂也会心里有数。一个人心之所系，就是值得奔赴的天堂，所以，我知道温尼纳普所去的天堂是什么样子的：它一定以黄金铺地，以橘红的宝石和碧玉为墙，以玉髓为柱，这天堂没有赞美诗，但有肖肖尼人的土地上那自由的空气和自由的空间。

吉姆维尔

——一座属于布勒特·哈特[1]的城镇

当哈特（Harte）先生拿起新鲜的调色板准备创作，却发现他自己所熟悉的西部世界那独特的地方色彩正在慢慢消逝，他做了他认为最安全的事情，那就是继续按照他年轻时代的印象去创作，不去管任何后来的变化。他真应该去吉姆维尔（Jimville）看看。在那里，他会发现更多的也更好的故事素材，这些故事就像矿山上那些漂白的木头抛得漫山遍野、俯拾皆是。

你会很容易把吉姆维尔想象成一座旧日幸存下来的小镇，像一只缩在龟壳里吃草的老乌龟，自它那个物种鼎盛的时代过去数千年之后，兴冲冲地探出头来张望着这片边疆。其实吉姆维尔并不古老，但它有股特殊的韵味，吸引着缅怀半个世纪以前的生活状态的那些人，"四九年"那一代人[2]当然不在此例。据说，要离开吉姆维尔是一件非常费力的事情，导致当地人

1 美国小说家。1848年加利福尼亚发现金矿后，淘金者蜂拥而至。哈特用短篇小说的形式描写了这些淘金者的生活，写法颇具特色，被称为"西部幽默小说家"。

2 即1849年加州淘金热中的矿工。

口数量常年保持不变。事实上，来吉姆维尔的人大部分都是出于真正的热爱或兴趣。不过，我绝不否认进出那个记忆中的小港湾有多难，我曾多次造访，而每次都是身心俱疲。无论你从哪里出发前往吉姆维尔，都要花上三天的时间。不管你是从北边或南边来，下了火车之后，都还有一段旅程必须乘坐驿车，这段旅途漫长而单调，让人昏昏欲睡，害得你脑子里一片空白。

通往吉姆维尔的路像是老式驿车逐猎的游乐场，这些车是从整个西部那些已废弃的路线买来的，这种摇摇晃晃、笨重宽大的交通工具已经过气，淡出了历史的长河，只剩一些浪漫的气息还可追忆。巴斯克斯（Vasquez）[1]当年就驾驶过这种马车，它高高的座位倒适合信差们从上面射击，但也容易成为靶子，到底怎样，全凭运气。当车夫停下来，翻箱倒柜地找铁丝来修补脱落的螺栓，这事刚开始还让你觉得算一点调剂，等见得多了，你就明白为什么马车夫们会说这一地区和吉姆维尔是用铁丝绑在一起的了。

1 一位16世纪的西班牙探险家，第一位在北美大陆西南部探险的欧洲人。

在去往吉姆维尔的路上，你首先得穿过一片孤寂开阔的土地，天空中风谲云诡，暗示着地平线下面有什么事情正在发生，天地间一片苍茫、灼热、颤栗，车轮与沙地摩擦得咯吱作响，就仿佛是在对沙子做不停的嘲弄，正午的天空像个蒸笼一样盖住了大地，令人窒息。这是天气宁静时的样子；而起风的时候，如果马车上转得开身的话，旅客们就有的忙了，要跟着风向不停地换座位，压住迎风的一面，稳住摇摇晃晃的马车。这还仅仅是小事。吉姆维尔的驿车是搭乘五名乘客的标准定制，但当车上坐了七个人，而且还带着四个大旅行箱、一些包裹、三袋谷子，还有信件和快递，这时候你就开始明白为什么你要提前预定车夫旁边的高座位了，在那里你才能呼吸到新鲜的空气，找到最好的旅行伙伴。在这条路上，你迟早会学会这条出行必备的常识。等到穿过了沙漠，你就踏上了洒满火山灰的熔岩平地。在平地上既有两侧峭壁如刀削斧凿的峡谷，也有布满黑色岩石的冻坑，张着一里格[1]宽的大口子，令人生畏。熔岩平地之上是早已

1 长度单位，约 3 英里。

停止喷发的火山口，它犬牙交错，直上云霄，像蛮荒野兽般在天际间矗立。火山口大都是红土，红得如此纯粹，如同那头纯红的母牛[1]。这些地方偶尔也安慰性地长着些灌木和杂草。当你看见小皮特(Little Pete)在赤红的、无底洞一样令人窒息的古老火山口放牧他的羊群，你就领会了这片土地的精髓——一派天真的田园牧歌式的温柔外表下掩盖了一种洪荒之力。经过这些火山口之后，就能看见一片连绵起伏的山丘，其中静静地矗立着那些已经破败的金矿山；再往前走，就到了一处烟雾弥漫的山谷，能见到许多发白的绿色灌木，还有正在静静喘息、色彩斑斓的小蜥蜴；然后，你就来到了吉姆维尔。

这个小镇现在看来就像从娘们谷(Squaw Gulch)里流淌出来的，实际上，它正是从那里逐渐发展起来的。在地势较高的娘们谷中段坐落着打手矿和特雷萨矿，而冶炼厂位于谷口，在坡度允许的情况下，矿车得把开采出的矿石卸到离冶炼厂最近的地方，这中间就形成了吉姆维尔镇。在山谷上方，生长着一片松林，林间

1 见《圣经·旧约·民数记》19：2，上帝吩咐以色列人献祭的一头纯红的母牛。

稀稀落落地点缀着紫丁香、杜鹃和其他芬芳的开花灌木。

娘们谷两侧峭壁林立，犬牙交错，坐落在谷里的那部分吉姆维尔只有一条大街——铺着累累的鹅卵石，在夏天的烈日下泛着骨白色，到了雨季，浑浊的洪水满街流淌，泡沫翻滚。连接着废矿堆和一座座独门独户的小屋之间的人行道是由锡罐头盒和包装箱板拼凑而成的，无一例外地都可以通到银元酒吧。吉姆维尔如日中天的时候，银元酒吧的主人把真的银元嵌在吧台顶上做招牌，但是当过去的荣光一去不返，业主就把它们撬了下来。吉姆维尔有三百个居民，四个酒吧，当然，这不能说明任何问题。

现在来听听吉姆维尔名字的由来吧。打手矿是吉姆·卡尔金斯(Jim Calkins)发现的，吉姆·巴克(Jim Baker)则找到了特雷萨金矿。吉姆·詹金斯(Jim Jenkins)在他的帐篷里开办了食堂，他在活动门板上用粉笔写上“吉姆维尔最好的伙食，一美元”，从此这个名字就叫开了。

“娘们谷”这个名字听上去像是插科

打诨，但它的来由却充满了人情味。“娘们”指的是迪米克(Dimmick)的老婆，她是从奥罗拉(Aurora)那边嫁过来的土著。迪米克要不是因为自己是新英格兰人，他也许也会用“玛哈拉”(mahala)[1]来称呼她，可就算这样叫了，也改变不了他是个极不负责的丈夫的事实。迪米克找到了一处金矿一夜暴富，丢下了这个把他当做终身依靠的女人去了东部，而她只能终日借酒浇愁。在奥罗拉地区，这就是人们表达痛苦的唯一方式。表示同情的话语说得太多，就会像拔掉了瓶塞的美酒一样，一定走味。他们正是这么做的。这个女人本要带着孩子远离伤心之地，回到自己的族人身边去，但是酒精早已侵蚀了她的身体。就在这条山谷的河边，突发的阵痛让她昏迷了过去。正在探矿的吉姆·卡尔金斯发现她的时候，她已经奄奄一息，一个刚出生三天的婴儿还在吸吮她的乳房。吉姆在她临终前一直安慰着她，然后埋葬了她，徒步走了十八英里，回到了波索(Poso)，婴儿被他裹在粗斜纹棉布衬衫里，露着小脑袋小猫一样喵喵叫着，他的善举赢得了

1 北美印第安人土著对妇女的称呼。《圣经》中也有这一人物，此处可能借迪米克的清教徒身份，用 mahala 隐指玛丽一世。

当地苦力们的支持，孩子有了着落。然后他又返回了那个山谷，并在那里发现了打手矿，从那天起这个山谷就被叫做“娘们谷”。吉姆谦卑地把这运气归结于好心有好报，我绝对赞同他的说法。如果此事发生在中世纪，会被谱写成一则传奇或者一首歌谣四处传唱。布勒特·哈特(Bret Harte)也会把它写成一个传奇的故事。但在我这里，你看到的仅仅是一则记录而已，因为我知道这样才最合你的心意；你完全可以自己运气吹爆这个泡泡。

蜥蜴会吞掉自己蜕下的老皮，除非你也能如此，把对吉姆维尔的成见蜕去，否则永远不可能与它真正息息相通。有一次，我有点女人家才能帮得上忙的事情，驿车车夫指点我去找“九里铺”的老板娘，说是包我如愿。我这人本来就喜欢在餐后咖啡时间七想八想的，一听到这个名字，禁不住浮想联翩：难不成这里就是哈特先生笔下的“扑克滩”小镇[1]？车夫的话果然不假，我这外乡人顺利地得到了帮助。但你也别因此就认为吉姆维尔没有贵贱之分或者其他等级观念，只不过，这儿

1 参见布勒特·哈特《扑克滩放逐的人们》，哈特虚构的美国西部因淘金热兴起的一座田园式的小镇。

的人们对事情有他们自己的看法。几乎什么活法在这里都如鱼得水，只要你诚实、视金钱为粪土、对朋友两肋插刀，人们就认可你是个好人。谁的枪杆子硬，谁有真本事，他们就服谁。

这么说你大概就能理解当地人对范肖先生(Mr. Fanshawe)的态度了。他是个设法罗牌赌局的荷官，跟哈特笔下那个叫奥克赫斯特(Oakhurst)的赌徒就像一个模子刻出来的，也是一副绅士派头，穿着白衬衫，外罩一身双排扣礼服，混在一群穿工装裤的大老粗中间；他这副样子挺有迷惑性的，让你觉得他就算会在牌局上换牌作弊，也不敢在你这样明察秋毫的高手面前出老千。但其实他经常这样干。据他自己讲，他曾被当做牧师培养过，从他的风度上看，他的确有那方面的天赋。你发现他总是与你英雄所见略同，就算是明着和你套近乎，却能让你丝毫不觉得唐突。想知道他是怎么在赌场上寻猎，又是怎么寻花问柳的？我建议你去找卡拉威勒斯(Calaveres)的布朗(Brown)那个圈子的人打听。他行为不检，但人们长时间都对此

置若罔闻，当然除了那些被他甩掉的水性杨花的女人。像这样的事太多了。整体上看，吉姆维尔人的道德感的精髓似乎就是荣誉感，缺乏幽默的趣味，局外人很容易觉得它过于沉闷。在吉姆维尔，行为构成历史，人们只凭事实评判对错，不受虚构和戏剧感的干扰。这种朴素的正义感，在他们对威尔金斯（Wilkins）事件的处理上就可见一斑。威尔金斯在孤树泉当众与人发生了争执，出于正当的理由开枪打死了一个人。威尔金斯逃到吉姆维尔来避难，而在他到来之前，这里的人们就已经知道他犯了事。当时，我见到了威尔金斯，事实上，所有的吉姆维尔人都见到了他；他走进银元酒吧的时候，我们正在举行一次教会义卖，他还买了一个粉色的丝绸针垫。我一直很想知道他拿那个针垫做什么用了。在场的肯定有人对他的事心知肚明，但因为没有得到官方的正式通知，我们中间还是有人上前和他握了手。等警长赶来的时候，威尔金斯已经走了。吉姆维尔组织了一支民防团，把他抓了回来，因为警长就是吉姆维尔人，我们当然要站在警长一边。

我说过我们在银元酒吧办教会义卖。我们的大部分活动都在那里进行，包括舞会、居民集会以及用活动电影放映机播放《耶稣受难复活剧》。在吉姆维尔镇的边界从明顿（Minton）扩展到迪法恩斯河(Defiance)流域的红色丘陵地带之前，银元酒吧就已经落成了。举办义卖前，保镖史密斯(Smith)为我们把地板擦好，把吧台挪到里屋，腾出地方来。义卖的目的是为了供养教会的巡回牧师，这位牧师会向少数愿意听的人做布道，而我们每个人迟早都需要他来主持葬礼。他是吉姆维尔的门面，备受尊重，但是他所属的教派视举办舞会为大罪。集会的组织者并不想冒犯牧师的信仰；所以等到了晚上十一点半的时候，他们就用主席的帽子把当天晚上的进项兜起来交给他，微妙地暗示义卖结束。准备跳舞的人从前门鱼贯而出，绕到屋后。然后舞会正式开始，让两方面都能满意。像这样谦恭礼让的现象在吉姆维尔是相当普遍的，它往往能让内心敏感的人破涕为笑。

除了范肖先生，吉姆维尔还有另外一些人也很像是从哈特先生笔下的世界里走出来的，他们的绰号都具有浓浓的乡土气息——“老碱比尔(Bill)”“梭子鱼威尔逊(Wilson)”“三指”和“独行侠吉姆”；这些人脾气暴躁，不善言辞，对神灵不恭不敬，活像一堆在山丘上受着风吹日晒的垃圾。他们每人都有一座矿山，起码曾经拥有过，而且希望能再次成为一座矿山的主人。他们就像搁浅的小船一样躺在银元酒吧，或者是好运再来酒吧的破条凳上，没完没了地谈着“出矿”“接点”和“母脉”这些词，然后话题绕到打架、敲竹杠、入伙、闹鬼和明尼埃塔(Minietta)的不祥之物上面来，他们说的都是大白话，一点儿也没添油加醋。

别指望我能把他们的话照搬过来；像我这样不是每天都和这些事打交道的人，根本写不出他们对话里的味道。

比如讲起马里波萨矿(Mariposa)的来历，“三指”是这样说的：“它是我从汤姆·贝蒂(Tom Beatty)手里买下的，价格很划算！就在他兄弟比尔(Bill)被枪打死之后。”

吉姆·詹金斯说：“他出什么事了？”

“谁？比尔？他被阿贝·约翰逊（Abe Johnson）打死了；他和约翰逊的老婆鬼混。然后汤姆就把矿贱卖给了我。”

“为什么他不自己经营？”

“他？哦，他当时正等机会找阿贝报仇，合计着很快就会离开这个地方了。”

“哈！”吉姆·詹金斯说，他们就这样唠家常一样讲着这故事。

每到春天，万物悸动，连带着吉姆维尔的居民也纷纷扔掉了懒散，走进这片荒凉的热土四下探寻金矿，那一座座山峰，还有稀有的几处未经污染的水源是他们的路标，指引着他们，自始至终，他们都怀揣着寻金的梦想。他们憧憬着，发了财，继而得陇望蜀，然后重又一贫如洗，但就算真是黄粱一梦，他们也从不抱怨。就拿山来说吧，山始终是同一座山，黄金有的是，时间有的是，人也有的是，你走了，还会有更多的人前赴后继。在吉姆维尔，山虽不言，但人们却懂得它在说些什么。

吉姆维尔人并没有多少地质方面的知

识，对找矿的事儿他们更倾向于“直觉”。那是一种来自诸神的启示，告诉你只要你越过那道褐色的山脊，途经一眼未曾枯竭的山泉，往科索(Coso)方向走，就能找到宝藏。这绝不是鬼话，我还从没听说任何一个特别的直觉失灵的例子。不知为什么，这片原始的土地似乎特别能让人与超自然的力量建立起一种默契。你可以与那井然有序的超自然力量直接对话，在你们之间没有庄稼、城市、服装和礼仪之类的干扰。除非你归因于一种超越信仰的力量，不然吉姆维尔的这种状态真的是无法解释。这里的人杀人、酗酒、好色，同时又乐善好施、天真纯朴，此外还有一种冷漠、茫然或者空虚的气质，如果你愿意想象一下的话，那感觉就像一锅水连泡都没冒一个就全部蒸发了——这需要擅长造新词的德国人来创造一个词汇进行描述——或者像面包烤砸了，让人提不起食欲，像兄弟间不冷不热，不讲义气。很多西部作家都没看到这个特点；他们的口味很重，过分渲染了西部人的无法无天。但如果你亲自观察，就知道他们这种对法律的藐视，并不是单纯的胆大妄为。那其实是一种纯粹的希腊精神，代表着与他们认为毫无价值的事物分道扬镳的勇气。除此之外，这还是一种忍辱负重的精神，让你在失意的时候，能够勇于放弃，不自怜自艾；让你在面对死亡时无所畏惧，并在造物的序列中从不妄自尊大；野兽们就是这样的，圣哲罗姆(St. Jerome)[1]在沙漠中也是这样的，远古的众神也是这样的。这就是生命，它的演出和谢幕，都不是什么值得大惊小怪的新鲜事。

全力追逐激情和死亡，那是你曾经引以为傲的生命本能，而在这里，在吉姆维尔，它已经渐渐平息。我想，在经历一生的劳作和喧嚣之后，我们对生命的看法都会像个吉姆维尔人，只是表现的形式不一样而已。

1 基督教著名教父，神学家。曾在叙利亚一带的沙漠中禁欲苦修。《圣经》的拉丁文版的译者。

我邻居的田地

放在任何时候，这都是一片天赐的良田。它地势低平，躺在一片山坡脚下，山坡向上簇拥着基萨奇山，而下面就连着这片微微倾向镇子方向的土地。它的北边和南边围绕着低矮的古冰川山脉，那里到处布满砾石，几乎无处立足。遍地的荆棘和野草一直向东蔓延到村里的果园和花圃。村庄的街道边盖了两排各式各样的房子，街道到田野边上就突兀地中断了，只剩一条小路通向溪边，然后通向更远处，直达溪水的源头。

这片田地不太受镇上人的待见，没人去耕种，长出的东西也不适合做柴火，全都是杂七杂八的野草，它们的种子落进灌溉渠中，混进各家的花园和草坪，生根发芽不断地冒出头来。然而，一看到它在春光下的迷人景象，我就下定了决心要在它边上买一块地皮，盖一座带边门的房子，能让我随时去田里逛逛。后来，我终于达成了这个心愿，要不然的话，我是不会安生的。

埃兹威克(Edswick)、罗德(Roeder)、康诺(Connor)和拉芬(Ruffin)都曾经做过这块田地的主人，最后才落在了我邻居的名下。但若再往前追溯的话，这土地的中间领主是派尤特人，他们很早就在派恩溪建立过一个营地；后来，有一些牧人发现这里牧草丰美，非常适合放牧他们的牛群，就开始与派尤特人争抢起来；再后来，一些浑身是毛的野蛮人赶着羊群前来放牧，羊群咩咩乱叫，他们却一点不废话，直接把手上的长棍高高地举过头顶，就此宣告了对这片牧场的主权。埃兹威克来此地定居的时候正值基萨奇采矿业的热潮方兴未艾之际，他在现在的村庄所在的位置盖了一座带着枪眼的石头小屋，用枪子儿向牧牛人或印第安人宣示了他的权利。埃兹威克死后，罗德成了这块地的主人。他拥有漫山遍野的牛羊，但要想把它们赶到牲口市场却不容易，不仅路途遥远，路上还得经过遍布流沙的沙漠，方便起见，他

就把这里改造成了一个集散地，在上路之前集中这些不停吼叫的牲口。他花了十五年来经营这片地方，但后来因为生意上遇到了困难，就用它抵押了一笔贷款。贷款方就是康诺，他不仅比罗德聪明，而且也比他更有城府。那年冬天下了一场大雪，所有的道路都被埋在了四十英尺深的雪下，罗德的贷款这时正好到期，而他还远在旧金山卖他的牲口。法定时间一到，康诺抓住机会依法获得了田地的所有权。而就在十八天后，罗德穿着雪地靴回来了，两只脚都已冻僵，还贷款的钱就揣在他的口袋里。经过漫长的法律诉讼程序，这块地最终落到了康诺的代理律师拉芬手里，这个独臂的老滑头有一张能把鸟儿哄出灌木丛的嘴，他后来又把这块地卖给了我的邻居。出于对这位邻居能有这么块风水宝地的嫉妒，我管他叫拿伯(Naboth)[1]。

奇怪的是，所有这些人类的贪婪和纷争都没有在田地上留下印记，但土生土长的印第安人和没头脑的羊群做到了。孩子们在田野的许多角落都能捡到黑曜石做成

1《圣经·旧约·列王纪上》，拿伯有一处葡萄园，被以色列王亚哈垂涎夺去。

的箭头的残片，贝丘[1]和汗蒸室的坑形遗址也零星可见。在田地南角、派尤特人曾经的营地所在之处，有一丛与众不同的灌木安氏枸杞（*Lycium Andersonii*），像戴了“铁箍儿”一样被别的灌木困在中央，但它照样顽强地独立生长着；而附近，还有三棵低矮却很漂亮的朴树（hackberry），这种树的原生地离此很远，即便探矿的人走遍东部或西部的任何峡谷，也不会再找到一棵。这两种树木的浆果都曾经是派尤特人的美食，他们如此偏爱这种浆果，甚至远涉他乡，到南方的肖肖尼人的土地上去采集和交换。小溪的分岔处是牧人的营地，那里长着一丛独一无二的、被叫做“旋豆（screw bean）”的牧豆树。这丛牧豆树的种子当初一定是从羊身上抖落下来的，因为它的故乡并不在这里，除了牧羊人营区零星长着几棵以外，在南边或东边一百五十英里以内，都再也见不到一株自然生长的牧豆树。

拿伯已经给他这块地里最好的部分围上了篱笆，但是印第安人和牧人仍然对它念念不忘。他们还是在田边扎营、搭棚

1 史前的厨用垃圾堆遗址，包含着大量吃剩的贝壳。

子，毫无疑问，这片土地有太多他们熟悉的东西，让他们始终对它怀着家的感觉。

我前面说过，这块地势低平的田地坐落在台地和镇子之间，上面没有小丘陵，只有一片低洼的湿地，小溪的水经常会漫到水洼里，流向一旁的农庄。田地里最高的就是那三棵朴树，而它们中间最高的那棵可能有三个人那么高。地里还建了一座水闸，用来把溪水引入镇子的供水管道。就在距离水闸一英里以外的小溪上游，生长着一排长叶针松树，它们在水道边连成一线，一直延伸到基萨奇的山脚下。这种松树让当地的植物学家很头疼，它们与内华达坡地的其他针叶树（conifer）并没有关联，所以品种很难确定；印第安人有一个讲兄弟手足之情并掺杂了鬼神报应之说的故事提到过这种松树。从溪流边残留的树桩来看，这种松树曾经一度是这块田地的霸主，而现在似乎正准备要悄悄地收复失地。在小溪下游距溪水一两杆[1]远的地方，你时不时就能看到几棵逃过羊群祸害的松树幼苗正在生长。自从我搬到这片田地边住下，其中的一棵树苗已经长高，能从溪

1 杆，英制长度单位，等于 5.5 码，约 5.19 米。

谷中探出头来，向山岗上自己人的队伍频频招手，仿佛在召唤它们冲着对面山梁上那块一柱擎天的花岗岩一起杀回去。根据传说，这些松树曾经是印第安人中间的败类，而那花岗岩是一位伟大的酋长，逼得他们落荒而逃。今年夏天，山洪把一些滚圆的、结满了松子的褐色松塔正好冲到了我的门口，只要我在这儿一直住下去，总有一天会看见它们在我邻居的田地里萌发出新绿来。

被人类遗弃的土地上，野生植物会慢慢回春，一点点收复以前的失地。观察这一过程是很有趣的事情。总有几头愤怒的公牛不停地逡巡，为了免去进屠宰场的命运，想冲过田地跑回山野，拿伯为了把它们隔绝起来就在田地四周设置了栅栏，许多田野里的原住民就乘机夺回了它们的地盘。很久以前，印第安人为了搭建棚屋，几乎砍光了这里的柳树和棕色的赤桦树，但现在它们又在溪边重现，身姿纤纤、楚楚动人，萌发了新绿，倒映在微显浑浊的溪水间，水中的身影在日光下拉得细长。石头地里往往寸草不生，而这里的却爬满了野橄榄；冬天，它们的枝条紧紧地拢在一起，像是给地面打上了一块块蓝灰色的补丁，而一到春天，它们一身透亮的绿金色又给大地戴上了耀眼的光环。铁线莲(clematis)，这傍居水边的植物是那么害羞，却也和柳树、赤桦、野蔷薇一起向村庄悄悄挺进，一季比一季更靠近一点，直到今天已经离村子的主干道不到一百码。三年之后，当确定它已就此止步，我们就把它连根拔起移栽进了花园，结果却徒劳无功。渐渐没人再呵护和关心那些移植的幼苗的生长，但就在这段时间，在我的边门附近，一株铁线莲悄无声息地钻出了篱笆，悄悄地盘绕在一株叫“一枝黄”的灌木上，没人关注到它的存在，直到有一天，它缠绕着藤蔓绽放出了精巧的花朵。欧夏至草(horehound)钻到了篱笆墙下面，纷纷地冒出头来，把栅栏的尖桩都顶出了横栏；野蔷薇又在欧夏至草下面生根发芽。我是院子的主人，但我并不经常锄草，任由那些报春花(primrose)长得离我家的苹果树越来越近，最后开出小月亮一样淡黄的花骨朵和树下的夜蛾一起起舞。

在我搬过来的第一个夏天，一丛杓兰(cypripediums)出现在草坪尽头的灌溉渠边。但是，铁线莲和野杏树都不会长进我的院子。

尽管我动过心思，但还是忘记了去弄个明白，在摩西替他岳父放牧羊群的那片土地上，是不是也长着野杏树？如果是的话，那野杏树可能就是那“火焰中的荆棘”[1]。野杏树开花的时候，如同一团火焰在熊熊燃烧，遇到它，就像遇到上帝正要给你做出启示；它光秃秃的枝条上一开始发出的是又小又硬的红色蓓蕾，它们是那么不起眼，却无声无息地越鼓越大，然后经过一天、两天或三天的阳光曝晒，每一朵花尖尖上就开始有火焰般的光芒微微闪耀，仿佛正温柔地对前来采蜜的蜜蜂浅唱低吟。原本的枝条大概粗不过一指，现在被粉红色的五瓣花朵包裹了以后，看上去足有人的手腕粗细。花朵拢得很密，只有硬角的野蜂才能钻进去。这里纬度高，霜冻期长，野杏树经常结不出果子，所以没办法大量繁殖，但这种多刺的直根灌木对大部分祸害植物的灾害都有很强的抵

1《圣经·旧约·出埃及记》，摩西替岳父牧羊，上帝的使者从荆棘里的火焰中向他显现。

抗力。

一直盯着野生植物直到它开花结果，这可不是件容易的事情。它们在成熟过程中表现得相当低调，你正在这边等一种植物开花到了很关键的时刻，那边就有其他花儿已经盛放，让你忍不住分心。你根本拿不准，是什么时候，田野的颜色就从野杏花的玫瑰色变成了羽扇豆(lupine)花动人的蓝色。你刚刚注意到零星开出了几穗花儿，一天之后，整个田野已经成了一片花海，在风中轻轻荡漾。羽扇豆最迷人的地方毫无疑问就是它那羽扇一样的花穗会在空气中不停地抖动。你要是走过去站到它们旁边，就会发现所有花冠和高高的茎干确实都在晃动，只是摇得很轻，看久了让人昏昏欲睡，但你要是抬头望向田野对面，即使在没有一丝风的日子，也总能看到一片片的紫色区域在微微颤动。

从仲夏开始，再到霜降，田野上的主色调从黄澄澄的金色逐渐过渡成丰见草(bigelovia)开始衰败之后的铁锈色，这一连串色彩的变化比剧场上舞台布景的变换更让人惊叹。在我的窗台下，一丛醉蝶花

(cleome)编织出了一张轻柔的花网，引得我每天早晨都驻足花前静静观赏好久；有一天，我发现它的花和叶子都不见了，只留下一堆鹿褐色和草黄色的枝条交织在一起，那样子在我看来还蛮像一个稀罕的镂空格子细工，我说不清楚，要发生这样的变化是需要几周还是几天。种黄瓜和卷心菜的时间通常固定，这你可以在年历上查到，但年历绝对不会告诉你，在拿伯的地里，植物什么时候结籽，什么时候开花。

这块地里的动物居民，不管是长翅膀的还是穿鳞甲的，似乎也随着那些与它们息息相关的植物一起兴旺起来。每当六月，白色马利筋(milkweed)的身上爬满了让人眼花缭乱的红色和金色的甲虫，坠得它低下头去，像极了镶满宝石的斜塔。印第安人就是从这种马利筋的茎秆上剥下纤维，编织成捕捉小型猎物的套索，但我却一直搞不清，甲虫们除了把它当做舞台展示自己鲜亮的外衣，还拿它派什么用场？当丰见草盛开，白粉蝶采蜜的季节也就跟着来了，在温暖的晨曦中，它们辛勤的身影在整个田野上空不停闪烁。到了九月，一入夜，朱顶雀(linnet)的幼鸟就成群地从鼠尾草的灌木中飞出。把相邻的果园里所有能找到的鸟巢都算上，也说不清为什么能孵出这么多的小东西来。这背后一定有什么神秘的造物手段，通过它，这块地的某处不知怎样就富余出数以百万的种子，供那些多出来的小朱顶雀大快朵颐。这些小家伙会在盘花蒿和艾蒿生长的地方闹腾一个月。朱顶雀是夜游神，每到夏天，只有暮色低垂的时候，它们才开始在田野上空翻飞，扑扇着带暗纹的翅膀，在天空中倏忽而来、倏忽而去。朱顶雀登场以后，就到了所有夜鹰的时刻。夜空是它们的领地，尽管它们的身影在夜色中渺不可察，但我们能听到鸟的翅膀破空而去的动听声响。

一连两个夏天，每天下午三到四点之间，都有一个大人物来拜访这片田野，那是一头红尾鵟(red-tailed hawk)，它时而俯冲而下，时而一飞冲天，一副悠哉游哉的冒险家气派。拿伯那块地里的小家伙们都很机警，藏得很隐蔽，红尾鵟在那里发现的目标，大多数时候都是它假想出来的。只有在叶子落尽、光线低斜的时候，

你才能看见像小鹿一样跳跃的长耳大野兔那修长、光洁的侧腹，看见傍晚时分飞窜的小棉尾兔。至于穴居动物，比如囊鼠和老鼠，最常见的踪迹是它们在新开的洞口前堆出的新鲜土方，或者是它们被伯劳鸟(butcher-bird)撕碎后挂在荆棘上的尸体。

我邻居的这块土地是一块不折不扣的清静之地，但照样充满生命的忙碌与喧嚣，让人嫉妒的是，它居然荟萃了如此之多的宜人之处——一小块沙地，一小片黏土地，一片草坪，一两道石垅，一条从不断流的棕色溪流，一点点人工的修饰，一条鹿皮靴踏出的小径。拿伯指望以后它能成为一座城镇，巴望着能让自己一夜暴富；但是当我沿着小径去印第安人的村子找老塞雅韦聊天的时候，突然想到，到了那一天，尽管这片田野能给拿伯带来丰厚的收益，但它再也不会像现在这样快活了。不会，绝对不会了！

台地小径

在拿伯那块地的一个角上，坐落着一个印第安人的村子，从那里出发有一条通往台地的小径。它与通往峡谷的林中秘径，或者牲口沿溪而上走过的任何一条小路都相通，在不经意间，你随时可能从那些路上插过来；这条露出白色地面的小径干净平整，穿梭在带刺的灌木丛中，宽度足够让一匹马或一个印第安人舒舒服服地通过。正如我所说，它从印第安人的营地开始，向着远方影影绰绰的山冈逶迤而去，与肖肖尼人的土地接壤。它从拿伯的田地斜插而过，延伸到长满飞燕草(larkspur)的山坡脚下，接着又沿欧帕帕戈山(Oppapago)的前锋向南而去。沿着它一路行来，高山在右，丘陵在左，而左下方就是浩渺的苦湖。这段台地地势非常平坦，只有个别的地方被干涸的深泥塘切断，台地上连一棵树都没有，空旷得让人神清气爽。

台地小径上完全适合纵马驰骋，但一定得是那种西部土生土长的马匹，只有它们才能学会像郊狼那样轻快地小跑。这广袤的土地上遍地美景，只靠步行恐怕看也看不完。你得走上好几天，才能对这片地区多种植物混生的灌木群有个大致的了解。这些灌木主要覆盖在岩滩和内华达山脉东坡脚下——大片的艾蒿、沙漠灌木（*coleogyne*）、荆棘霸占了地盘，别的木本植物根本无法立足；它们显然都是物竞天择的优胜者。这些灌木，品种不同，伴生的花草也不同。是什么让那些娇弱的花草退缩到多刺灌木的庇护之下，是羊群祸害导致的吗？它们到底起了多大的作用？

这还真是值得好好探讨一下。这种现象可能很早以前就开始了，听印第安营地的老塞雅韦说，曾经有那么一个时期，在台地上出没的羚羊（antelope）和如今家养的绵羊一样多，它们跑来跑去，小草除非躲到矮壮茂密的灌木中间，否则根本没机会长到没过马蹄；飞燕草藏身在沙漠灌木丛中，而每一丛荆棘上面都缠绕着近于紫色的钟穗花（phacelia）。在灌木丛的庇护下，季节一到，就有无秆的小草密密麻麻地长出来，它们的花期短促，宛若常常戛然而止的婚礼进行曲。这中间，飞燕草表现得最出色，它高高地伸出灌木丛，散发着馨香，一边轻轻地摇曳，一边散播着花粉。纳瓦霍人（Navajo）的新娘都会采集这种花粉，装进自己婚礼用的花篮里。要找到两株花色一样的飞燕草，可比采集它的花粉困难多了。按植物学教科书的说法，飞燕草的花是蓝色的，但如果你真信了它，下马把缰绳拴在黑鼠尾草的残根上，到处去寻找蓝色的飞燕草，那么直到夕阳西下，白色吉莉（gilia）的花盘也已渐渐朦胧的时候，你可能还是一无所获。孩子们把这种

吉莉花叫做“黄昏雪”，这已经是他们为野花取的最好听的名字了。

从马背上向下俯看，眼中的空地覆盖着一层黄色的浮土，就像平整的地板上刚刚撒了沙子。小径一侧横贯着几条山脉，就在那边山体的阴影逐渐扩散过来的时候，一片片雪白的吉莉花也开始在沙地边颤动。到了黄昏，每一丛结实的灌木的背风处，都有花的影子在微微浮动；每当台地上有风吹过，花尖上带点玫瑰红的白色吉莉就开始在风中热烈地舞动起来，仿佛它们并不是从地面上那三英寸高的挺拔的草茎上开出来的，而真的是从云朵中飘落而下的雪花。它们整夜无眠，浓浓的花香四下弥漫。

沿着小径继续南行，你会闯进高及脚踝的罂粟(poppy)花地，也会见到一两枝单独生长的仙灯(calochortus)，它们的花朵如孔雀开屏般地绽放在修长的花茎顶端。花儿万紫千红的季节到来之前，这里最色彩缤纷的地方是长有羽扇豆的湿地。台地小径的沿途不时就会出现这样一片洼地——又宽又浅，铺满了鹅卵石，水流渗

入下面后消失不见。洼地里，长满羽扇豆的草丘从春天的银绿色开始一点一点变幻，最后过渡到冬天的银白色。羽扇豆在枝叶最茂密的时候，除了颜色，简直酷似印第安人村落里那些簇拥在一起的茅屋，其中最大的一丛，直径可能相当于一个人的身长。吉莉花的花事刚过，而飞燕草还没成熟到可以采集花粉之前，羽扇豆就该开花了。这时，从每一株羽扇豆的最末一节轮生叶中长出一枝花茎，花的颜色最初是鲜嫩的蓝色，但不会一直一成不变，而是逐渐褪色，变紫。这样，来帮忙的蜜蜂就知道去哪朵花上啜饮新蜜，而哪朵花已经开败，无需再去光顾。当羽扇豆的花茎缀满花朵的时候，整个丛株看上去浑圆丰满，而花茎和花瓣还会在吹进洼地的气流中难以名状地频频颤动。

台地上永远是微风习习，凉爽的气流不请自来，轻轻地从山坡的阳面顺着山体吹拂下来，生怕打破了这里的寂静。走过峡谷宽阔的山口时，你才能发现那里面别有洞天，青天白日也好，乌云密布也好，各有各的风情——或瀑布轰鸣、松涛阵阵，或大雨滂沱、激流奔腾呼啸。各种嘈杂的声响起起落落，转瞬即逝，就像在村子里，有人打开房门对着大街打了个哈欠，丝毫影响不了那里的静谧。如果风和日丽，台地的白天会寂静到极点。但一到夜里，寂静就会被一些或柔和或凄厉的叫声打破。下午的晚些时候，可以看见穴鸮的身影在它们开在小丘上的洞口出没，还带着四五只尚未离巢的小鸟，挨个儿站在一起，一个个精灵古怪地眨着眼睛。暮色降临的时候，成鸟开始发出一种柔和的“呜呜”声，要是在交配期，它们更是会叫个不停，声音也更圆润、甜美。要想把台地上穴鸮的叫声和斜阳的余晖分开是不可能的。春天的晚霞流光溢彩，金光与紫霞交相辉映，如果那闪闪的霞光能化身音符的话，一定就是穴鸮在花冠之上发出的那种柔美的双音节叫声。在晚霞的映照下，你能看到它们轻盈地扑向猎物，而夜幕降临以后，能听到它们发出轻柔的扑嘶声，顺着台地小径远去，渐不可闻。深夜里，间或传来遇袭的田鼠和更格卢鼠(kangaroo rat)戛然而止的尖叫声，一瞬间打破了夜晚的安眠，作案者兴许是经常四处巡游的红狐，它们一晚上就能跑个二十英里，但也说不定，许是那些叫声委婉动听的小猫头鹰干的呢。

红狐和郊狼都是嗜血的杀手，一到夜晚，它们就尽情地展开了杀戮。狐狸不爱吭声，可郊狼却是个饶舌的家伙，它整夜嚎个不停，差不多一下子能发出二十个调子，有闲聊的，有警告的，也有咒骂的。它们的脚趾是分开的，走起路来轻手轻脚，所以，那些单独露营的人在黑暗中常常能看到它们的眼睛就在附近闪烁，能听到它们轻微的呼吸声，却听不到它们碰到树叶或者踩到树枝的声响。郊狼是台地真正的领主，它会出于好奇冒冒失失地走过来，刺探你是不是真的带着那种在一千码以外就能把你的“利齿”[1]刺进它的要害的黑色长枪。但是，脾气暴躁的獾比它胆子更大。这种短腿的食肉动物喜欢半明半暗的阴沉天气，它没有朋友，没有天敌，也没看护后代直到它们长大的习性。如果让它知道鹰和乌鸦一向都在尾随它，伺机从它那里搞顿晚餐，它一定会怀恨在心。但

1 指的是子弹。

是獾天生就没法向上看，向两侧的话也看不远。如果下午的天气闷热阴暗，你兴许就能在小径上碰到这位獾兄，它一路嗅着滚烫的地面，准备去地鼠或松鼠的家，它一副风风火火的样子，想让它给你让道一点门也没有。獾是绝对的逐奖参赛者，只要能达目的，它可不讲什么体育精神。它一爬上土丘，就直取鼠穴的中枢，用它的宽脚掌和锋利的爪子轮番刨着沙子，动作就像一个人在海浪里奋力划水。它是个敏捷的跟踪者，但显然还不够迅速和隐蔽，因为总有一两只在空中闲逛的小鹰或懒惰的乌鸦发现它在狩猎，就会乘风而至，试图分一杯羹。

穴居动物都知道在灌木丛下挖洞利于隐蔽，而且肯定会多留几个出口以防万一。当獾一路杀进来的时候，只要没在酣睡，这些毛茸茸的小家伙大都会从后门仓皇出逃，却正好被等在那里的鹰擒住。我怀疑乌鸦除了好奇心得到满足以外，一无所获，最多能捡到几粒被獾刨出来的种子，那可能是小动物以前偷偷储藏在洞里的。獾一旦开始挖掘，乌鸦就在一旁满心期待地走来走去，而灰色的小鹰则在洞穴的各个出口附近兜着圈子缓缓盘旋，它们在同类中是比较聪明的，尽管看上去不像。

在台地上空，总会有形单影只的鹰在滑翔。附近的山脉间，拔地而起的山峰在蓝天的映衬下宛若几座蓝色的高塔静静耸立，有一只雕令人目眩地悬停在空中；在空气稀薄、透明的高空，永远会有几只红头美洲鹫像旋转木马一样兜着圈子。上有食腐鸟，下有郊狼，台地上任何惨不忍睹的死尸都会被清理个干净。

在这片没有树挡路的地带，风正好充当扫帚，它把新鲜的沙土扫起堆在叶子稀少的灌木丛上，让穴居动物的小门整洁得就像城市的门面。只有人才会在地球的脸上留下难看的伤疤。在台地上，至今还看得到很多派尤特人废弃的营地，荒废了很久，只剩下一些曾用来搭棚子的荆条乱堆在灌木丛中。派尤特人的营地经常扎在靠近水流的地方，但从来不会建在河水留下的低洼地里。他们通常择高地而居，靠风和阳光清洁自己的住处，一旦驻地脏到难以忍受，他们就一走了之。

正午时分，不见炊烟也不见人影的时候，派尤特人的村落就像一座巨大的黄蜂巢。低矮的褐色棚屋门脸朝东，没有烟囱，居民们天生就有和鹌鹑一样的本能，当有陌生人靠近时，就会躲到灌木丛中。不过正午时间，他们确实不常在家，只留下盲人和其他老弱病残看守营地。这会儿正是干活的时候，台地上到处都是女人们忙碌的身影，她们忙着把鼠尾草的草籽扫进一种勺形篮子里，然后再全部倒进身后巨大的背篓里，背篓用一根皮带勒在前额上并固定在双肩上。

清晨或者傍晚，你总能看见几个孤身行走的男人，行色匆匆不知道要去忙些什么。他们有时候也骑着鬃毛蓬乱、战战兢兢的矮种马，鞍桥上横挂着猎物。那可能是鹿，或者是羚羊、兔子什么的，甚至是他们往南深入肖肖尼人的地盘捉到的蜥蜴。

台地上的蜥蜴多到难以计数，有那种像箭头一般大小的灰色的小蜥蜴，还有那种体侧绯红的大个蜥蜴，在早春时节常常能看见它们躲在荆棘丛里，心无旁骛地吞食着自己刚刚蜕下的皮。它们爬行的时候会拖出一个手掌宽的印迹，但时不时地，你会发现这条印迹突然收敛起来，伴随着一阵沙沙声，迅速没入了灌木丛下面，消失在沙子中。这简直就是巫术。如果你能逮到正在蜕皮的蜥蜴，它一定是浑身瘫软，变成了一个长着角、像蟾蜍一样的扁平怪物，和土地一个颜色，样子虽然可怕，却全然无害。倒腾小玩意的商人就会用两枚小钱把它买下来，制成标本再出售。

和动植物一样，台地上的人类也只有在特定的季节才会显得人丁兴旺，过了这个时候，你就很难碰到他们了。例如，在大约四月份举行的牛仔大赛上，会遇到那些骑马放牧的自由牧人，他们根本不走寻常的路线，所到之处，在外行看来连根牛毛都没有，他们却能找到牛群。每年早春二月，羊群就开始从南方向内华达山脉的高山牧场迁移。牧羊的人和他们的羊群一样似乎从来也不会与时俱进。这些腼腆、多毛的男人，依旧日复一日像过去那样放

牧着一长串羊群，除了身上多了几件蔽体的衣服，他们的样子活像是大卫[1]的兄弟。生活的磨练让他们吃苦耐劳，简单质朴的他们天生富于幻想，却沉默寡言，满脑子迷信和敬畏。也只有在剪羊毛的热闹场合，或是喝过几巡低度的酸酒，他们的性情才会有所释放。珀蒂特·皮特(Petite Pete)年复一年地从塞里索赶着他的羊群去雷德比尤茨，然后再沿盐碱滩返回，这一圈下来，他都会经过台地小径。他一年四季都敞着怀，露出他毛茸茸的胸脯，手里不停地舞弄着赶羊的长杆。他和他的牧羊犬亲如兄弟，这些狗儿的智商并不见得比他差，但模样比他俊俏多了。

羊群走这一程得七英里，如果牧场不理想，就要走十英里，就算没有风，羊群也搅得这一路灰尘滚滚。它们边走边吃，到中午才停下来休息。每当这时，皮特就用树枝编一个遮阳的挡板盖在脸上——他身体的其余部分和他的羊一样不怕晒——他睡觉的时候，狗儿们尽忠职守地替他监护着羊群。入夜以后，皮特都是随遇而安地就地扎营。如果恰好遇到风尘仆仆的旅

1 古以色列国国王，牧羊人出身。见《圣经·旧约》

行者，他们就搭伴宿营。此时，篝火燃起，香喷喷的肉汁在锅里翻腾，羊群昏昏欲睡，偶尔传出几声含混的叫声，从台地下方很远的地方也能看到这边的点点篝火在暮光下闪烁。这一刻，脚下的野花含苞欲放，山冈上倏忽闪过一道白色的天光，你不由自主觉得自己置身在耶稣降生时的犹太[1]。但到了白天，等你看到那些被羊群啃秃了的灌木和咬得一片狼藉的花草以后，你肯定就没有这样好的心情了。为了生产出一磅羊毛，要经过大地多少季的积累，要耗费多少的阳光和雨露啊！再说，一旦台地上的牧草很少结籽，地面栖居的鸟类数量也一定会随之减少。

往西走，在台地西边和那些无名的山陵地带，天空显得比世界上任何地方都要宽广。它仿佛并不是直接从地球这边诞生的，而是从外太空的某处延伸过来。在这个位置上，地球像是悬空静立，地表凹陷而成的洼地里充满了清新醉人的空气。这里还有其他一些沁人肺腑的浓烈味道。这中间，有春天鼠尾草的气味，它提醒人们植物的汁液已经在滋润那看上去了无生气

1 古代巴勒斯坦南部地区，耶稣诞生地伯利恒就在此地。

的土壤了；它还不禁让人联想到，犁铧会在这里翻出怎样长长的一道犁沟？它是新叶萌发散出的那种气味，是植物精华中的精华，吸引着野牛前来疯狂地采食。有日落时分鼠尾草的气味，那是从印第安人的村子和牧羊人宿营的地方传来的鼠尾草烧着的气味，它随着袅袅的淡蓝色的炊烟飘散得到处都是；你的头发和衣服都会熏上这种气味。在没有习惯之前，你可能不会太喜欢它，当然，每个派尤特人和牧羊人都一身这种气味。除此之外，还有在旱季即将结束的时候，显然是从盐碱滩清楚地飘来的苦涩的粉尘味，以及从阔口的峡谷那里传来的潮湿的雨水气息。而最后，当你闻到盐碱地的草味儿的时候，就走到了台地小径的尽头，那之后就属于另一片天地了。

编篮子的人

“一个男人，”营地里的塞雅韦说，“得有个女人才过得好，可一个女人只要有孩子就能过好。”

也许就是出于这个想法，当塞雅韦的丈夫在保护族群的战争中死去之后，她没有再嫁，而是独自带着年幼的儿子靠自己的才智竭尽所能地活了下来。无疑，刚开始的时候，她为了母子俩能吃上饭，不得不经常冒险外出。派尤特人退守到苦湖边背水一战；战死的族人浮尸水中，大批的牧牛人和淘金者涌入了这片土地。而这时，塞雅韦和她的儿子就藏在黑岩的岩洞里，吃藨草(tule)根和他们用脚趾从泥塘底挖出来的淡水蛤为生。后来派尤特人准备认输，但战争还没有正式宣告结束，他们利用这个间歇期来谈判媾和的核心条件。就在那段时间，塞雅韦学会了为人母的全部智慧，尽管人们都觉得女人离不开男人的照顾，塞雅韦却证明了没有男人女人其实可以把日子过得更好。

要理解任何一种生命的存在方式，你都必须了解它赖以生息的土地，以及土地上的季候变迁。这座峡谷非常狭窄，仅仅是山间的一道槽谷，是常年的风暴横扫出来的通道。通道一侧是内华达陡峭的雪峰，一侧是瓦班山光秃秃的、蜿蜒嶙峋的赭红色山脊，两侧相距不远，乌鸦振翅即可飞渡。山谷中间，流着一条昏暗的地下河，约有一百英里长的河道从北方的熔岩地起头，一路上河床渐渐变宽，最后汇入一座浑浊的平湖。在这一带，山脉没有山麓，都是从河边的阶地拔地而起。内华达山脉的东部几乎终年无雨，偶有降雨，白浪滔滔的洪水就会从山上一泻而下，涌向地势最低处。派尤特人的村落就建在这些山脉边上，他们褐色的棚屋就建在灌木丛生的高坡上，面朝着东方。

春天，河里的蚌肥了，芦苇塘里的草根正嫩，草地上牛鞭草(joint grass)的块茎也吃口正佳。夏天，山坡上的草籽熟了，峭壁上的单针松(one-leafed pine)也结出了油油的坚果。这些都是塞雅韦母子赖以为生的食物，但这也纯粹是靠天吃饭，需要霜和雨的小小神明垂怜。如果她还想获取其他食物，那就得和动物一样狡猾，还得有足够的技巧对付那些极其机警的猎物，才能捕获图拉里斯(tulares)山谷里唧唧喳喳的野禽，以及叉角羚(pronghorn)、加拿大盘羊和鹿。你也知道，战争导致了步枪和弓箭的广泛使用，加上白人大量涌入称霸一方，已经让这里的动物都成了惊弓之鸟，连猎人自己都担心被当成猎物。可以想见，在这段残酷的时期，在这片蛮荒之地，女人很自然地会成为征服者的猎物。

在小羚羊谷，曾经有一条不知是走失了的还是被主人赶出家门的母犬，在一个被其他动物遗弃的兽穴里下了一窝小崽。她悉心看护和喂养着她的孩子，习性越来越像一条野狗，担惊受怕地偷偷活动。她对人类还残留着一些记忆，但受过伤害的她对人类已无丝毫信任可言，这位消瘦的、一脸苦相的母亲，全力承担着抚养孩子的责任。我有充分的理由相信，塞雅韦一定经历过类似的日子，虽然她从不愿意

再提起。派尤特人有种本领，能把生命的需求降到最低，仅仅靠吃蚂蚱、蜥蜴和一些奇怪的草就能活下去；当然，这种时候一定也是被逼得走投无路了。这样的日子持续下来，让塞雅韦形成了一种我在开头说到过的那种生活哲学。她已经超越了那种为了儿子学习生存的境界，而是懂得了生存本身的意义。

在我们的社会，如果一个女人终于不再热衷于换发型了，那你可以猜到她曾经历经风雨，现在洗尽铅华；而如果她还是一会儿把头发烫卷，一会儿又拉直，那就铁定没有经历过什么挫折。这种状态反映在塞雅韦身上，就体现在她编的篮子样式上。她什么都编，包括背篓、水罐、吊篮这些厨房用具，但这些工艺品都有着统一的风格。塞雅韦会编那种很花哨的平底碗，其实就是一种烧饭的罐子，印第安人在做好饭以后，把一些滚烫的石头放进这种能防水的罐子来保温或加热。她在这种罐子上装饰了一圈染了色的树皮拼成的图案，样式是一排朱颈斑鹑(valley quail)的羽冠。灵感来自于她出嫁的那个金色春天，她看到斑鹑成双结对地飞向它们在欧帕帕戈山脚下的栖息地，从此就开始制作起这种样式的烹调罐。在战乱过后，这项主妇才有的技能终于又有了用武之地，她就开始重操旧业编织起篮罐。再后来，黑岩的斑鹑又开始多到满地乱跑——如果年份好的话，你现在都能看见这种盛况——一旦遇到饥荒，女人们会剪下她们的长发，编成罗网，诱捕那些清晨或傍晚成群结队来泉边喝水的斑鹑。

在一个铁锅因为其实用性更受欢迎的时代，塞雅韦却坚持出于爱好而编篮子，也为了贴补家用而卖篮子。每一个印第安女人都是艺术家——她们善于观察、感受和创造，但从不对这整个过程进行理性思考。塞雅韦编织的碗从里往外都是那么细密精致，手感上没有任何瑕疵，而最妙的是她的设计，那不仅给碗增添了亮色，也让我们从中感受到了人性的力量。在奥兰查曾经有一个印第安女人，她能编响尾蛇造型的细颈工艺花篮，还能把这种造型用到大海碗和篮子的把手上，而且一点都不会让你觉得不合适。她的手艺太巧妙了，就算你买了她的篮子看上一年，都想不出它是怎么做出来的。但是塞雅韦的篮子不止是巧妙，这位篮匠和她所用的材料都根植于土地，浸透了泥土的气息。塞雅韦一年有两次会去小溪边割编篮子用的柳条，一次是粉蝶翩翩起舞的时候，另一次是小斑鹑长到可以在灌木丛中齐头并进、嬉戏追逐的时候。她去的这条小溪迎着风吹日晒艰难地朝着河道的方向流着，除了夏天偶尔发洪水的时候，它根本流不到河里就干涸了，但它却一直在尝试，连一旁的柳树都似乎在尽可能地鼓励它，因为你几乎总能看到有些柳树比那些充满渴望的水滴更靠近河道一点。派尤特人计算时间的方式比其他任何日历都更吸引我。他们既不遵循任何异教或正教的神谕，也不像东部和北方的红色人种那样按照月亮的盈亏来推演，而是按季节的自然进程来计算，比如：塔布斯河(taboose)泛滥之季，鲑鱼洄游跃出水面之前，矮松果已经采摘殆尽，以及大雪将至。所以，无论雨季延迟或者提前，他们都能准确地感知季节将怎样变幻。但是，塞雅韦为了编篮子割柳条的时候选的都是黄道吉日，这个时候的柳树已经饱吸了日月精华。如果你有过一只塞雅韦编制的、带有斑鸫图案的金褐色柳条碗，不用多说，你自然就会明白这一切。

通俗的艺术理论认为艺术都是为了情欲的满足，是它让所有作品有了超乎寻常的意义。塞雅韦也不外如是，她在编织篮子之前，也要先梳妆和跳舞。当春潮涌动，渴望交合的欲望让人血脉偾张，少女们采来中意的鲜花，亲手编成花环，在暮光中翩翩起舞，青春的欲望随着肢体发出急切的呼唤，召唤着年轻的恋人。她们歌唱着心灵的悸动，歌唱着鲜花的密语，歌唱着行将上演的激情交合。

——你那时戴的什么花，塞雅韦？

——我啊——我身上、头发上都戴着白色的铁线莲，就那样唱道：

我是一朵藤上的小白花啊，
绽放在小河边。
噢，我是你藤上的小白花啊，
在河边和你紧紧地缠。
噢，颤动吧！小白花，

噢，颤动啊！少女的心。

在动手编篮子之前，塞雅韦在村子里唱起这首歌，每当她陷入这段回忆的时候，她都会用手抱着双膝，把脸埋在膝间窃窃地笑。但她向来少言寡语，尽管我是那么渴望她能多讲点部落的风俗，讲讲族人们那些家长里短的事情，她却从来也不体谅我。她为了让儿子比自己能说会道一点，特地让他小时候吃过草地鹨(meadowlark)的舌头，不过后来却不愿意承认有过这事。有一个阶段，她也曾对部落的古训有过怀疑，但后来还是领悟了其中包含的美和意义。

“塞雅韦，你把篮子烧掉祭奠死者，对他们有啥好处呢?”我酸溜溜地说，心里很想把篮子留下来据为己有。结果塞雅韦回答我说：“就跟你们给他们撒鲜花一样。”

欧帕帕戈山与瓦班相望，瓦班又与科索和苦湖相互守望，而从派尤特人的村子可以同时看到这三处风光；而且还不止这些，从村子的位置还能看到科索的山脚下风在飞扬，高高的山梁上云在汇聚，能看到春芽在萌动，看到野杏花慢慢地开遍了整个台地。你要明白，前面那三处地方就是派尤特人的院墙，而其他的风景可以看成是他们的居家陈设。派尤特人的家并不是那些棚屋，而是大地、风、山麓和溪流。这是任何装修铺子都复制不了的，不像住惯了温室的你，只要腰包允许，尽可以在锡特卡(Sitka)和撒马尔罕(Samarcand)置办两处一模一样的宅子。这么说你就明白了，为什么印第安人往往至死都无法摆脱思乡之情；不论哪一块陌生土地上的风、青草、地平线、山峦都无法和他家乡的媲美。所以，当白人政府试图让派尤特人归化的时候，他们不愿苟全而是退缩到了北部的印第安人保留区里。派尤特人曾是这里——肖肖尼人的土地以南的整个地域的主人，而今他们沦为了可悲的寄人篱下者。但是即便如此，在一天的劳作之后，他们返回村庄，这时夕阳西下，炊烟升起，空气中飘来肉汤的香味，你依然能听到他们的欢声笑语。饭后，孩子们躺在篝火旁边，脚埋在灰烬里取暖，听大人们讲故事；他们其乐融融，满足于填饱了肚子，满足于家人和朋友都在身边。他们现在还能置身山野，虽然地盘局促了不少，但是还够他们自由地徜徉其中，从这片土地上汲取足够的信念应付将来的命运。而现在，就让我来讲讲塞雅韦这个篮匠的结局吧。

风华正茂时的塞雅韦很像底波拉[1]，丰乳肥臀，话不多却聪明，很受族人的尊敬。她全靠头脑还有一双巧手独自把儿子培养成了一个男子汉。当镇上的人开始注意到她时，战争已过去数年，而白人的城镇离真正繁荣尚有一段日子，这个朴实的年轻女人像一个熟透的蜜桃，正当最好的年纪；而当我认识她的时候，她看上去已经很老了。印第安妇女尽管满脸沧桑，仿佛久经岁月的洗礼，但真正长寿的却不多。她们能聪明地从野生生物的原材料上获取天然的营养，但她们却没有文明社会培养出的那些妇女的光滑细嫩的肌肤。塞雅韦用某种特殊的方法，每天从血管中挤出一滴她认为含有神性的血液，以为这样就能让自己在常年的劳作之后变得日益粗

1《圣经·旧约·士师记》里的希伯来女先知。

糙的手指依然保持细腻灵巧的技巧，但最终还是徒劳无功。当岁月轮转，她也老了，怎么算都有个六十上下的时候，她也只能枯坐在茅屋阳面熄灭的火堆边，除了四下看看，啥也做不了。茅屋里常年不断的烟灰伤害了她的眼睛，到了这个年纪，她失明了。派尤特人对这样的事情司空见惯，所以等自己也瞎了，他们也都能不悲不喜，处之泰然。村子里还有另外三个瞎女人，各个都像枝头干瘪了的果子，但是她们还记事，也能言语。正午时分，村子里的人都外出了，只留下这些瞎女人和还在哺乳的妈妈们。她们坐在炉火旁，让炉子保持着余烬。天冷的时候，她们就呆在茅屋里，裹着毯子取暖；天热的话，她们就躲在屋外的阴凉地里。她们不敢离开自己屋子太远，因为出了事，谁也帮不了谁；但是她们还是会隔着灰堆，扯着苍老粗哑的嗓子大声聊天，或者相互提醒和关照。

这时候，如果你能和她们搭上腔，或者她们自己想和你闲聊那么一小会儿的话，你就能学到很多书本上根本没有的生活经验，有民间传说，有饥荒中发生的故事，有爱情、磨难和火热的欲望，唯独没有抱怨和哭诉。天气晴朗的时候，台地的午后格外安静，说话的声音可以传得很远。在你们闲聊的时候，时不时会有其他一两位失明的留守者闻声而来，从堆在棚屋外的垃圾堆之间摸索着走过来，加入你们的谈话。但是假如你发现塞雅韦躲进自己的毯子里，不愿搭理人，那这一天你就别指望听到什么故事了。在派尤特人的村子里，唯一的私人时间也许就是你躲进毯子的时候。在这里，生活的所有过程都暴露在光天化日之下，或者仅仅有一层柳条编织的薄薄的围墙隔着，所以大笑就成了唯一能缓解尴尬的做法了。印第安人很早就学会了保持一副镇定自若的表情，要不然就把脑袋蒙进毯子里。对于派尤特人来说，一定得有个东西能让他们随时把自己包裹起来，这就跟你需要一间密室向上帝祈祷一样。

于是，塞雅韦——这曾经的编篮子的巧匠，呆在她的部落里，坐在已经熄灭的火炉边慢慢咀嚼着自己的一生，保养着精气神，尽力延缓着老天勾魂索命的时间。事实上，对于死亡这种事情，她并不比你我知道的少，只是我们对它抱有更多的期望[1]，而她只要确信自己死后不会转世成郊狼，就足够支撑她勇敢地走向生命的尽头。

1 这里指基督教的信仰中，末日审判以及天国等观念。

山道

循山道才能到达山巅；它们有的陡峭，有的平缓，但都能带你前往山岭的腹地。而往别处去的小路往往又窄又陡，没有头绪，还不一定走得通。山峰之间沟壑纵横相连，习惯上，人们把其中地势高、铺着宽阔草甸的叫做山谷；不过你应该记住这样的差别——山谷是地表下陷造成的，而峡谷是上帝之手用冰川之犁开挖出来的。这些被群山环抱的开阔地令人心旷神怡，在落基山脉（Rockies）中，人们给它们起了一个更好听的名字——公园。山区里随处可遇到被高大的石壁堵死的山涧。它们的走向也是朝着山区腹地的，但实际上根本走不通。

溪流或深谷把所有的山道连缀了起来。沿着山道前行，你就能避开山洪经常泛滥的区域。那些绝地险峰自然有无限风光，能够让你体验造化的神奇，可实在是危险重重，会让你时刻面临死神的考验。内华达山脉中部以东和以北的地方，散落着许多这样的山道，人们往往很难看出它们的去向，这种神秘感让人禁不住对它们浮想联翩。不过普通的旅行者除了一路上渴得嗓子冒烟以外，对这些山路怕是没什么好感。

内华达山脉雪域的河谷比大多数百老汇的街道更有看头。不过，就像在城里游览的时候，那些街道的名字对你没什么帮助一样，要根据名字来选一条河谷游览也不容易。从山区公路的名称里你总能读出一些当地的历史来，它们对你讲述着那些前赴后继的发现者与占领者的故事。置身其中，你就仿佛漫步在一座自然生长壮大而非人工扩建的古老村寨里。它们的名字包括“塞罗戈多（Cero Gordo）和皮农（Pinon）的西班牙裔加利福尼亚人”“西姆斯（Symmes）和谢泼德（Shepherd）”，这两位都是此处的先驱；“图那威(Tunawai)”，可能是位肖肖尼人的名字；“橡树溪”“基萨奇”，让人很容易确定它们是什么时候被命名的；而叫“汀帕(Tinpah)”的话，那肯定是派尤特人；另外还有“轻雾峡谷”和“帕迪·杰克(Paddy Jack)”这样的名字。内华达西翼有一部分山脉向圣华金(San Joaquin)延伸过去，那里的山道弯弯绕绕；如果是从内华达山脉东边，我家乡的山道出发，骑马一天就能抵达湖区，第二天就能到达高海拔的分水岭处的垭口，是否能通过，和你以前走过多少次的经验没什么关系，大部分靠的还是你的体能。海拔两三千米以上的山地已经覆盖了厚厚的积雪，就算不用爬到最高的地方，你还是得迎着大风越过陡峭的山脊。当然，你不需要非得经过高高的林木线，也能迂回地穿过内华达山脉，但那样你就会错过绝顶的风景。

一座轮廓像金字塔的年轻山峰和其他山峰一起排列成脊，宛若长长的鲨鱼的背鳍奔腾逶迤，它们和周围那些仿佛雷电劈凿的陡峭山脉连成了一片。从远处看，山脊犬牙交错，粗粝荒蛮，但走近了，就会发现那些巨大的花岗岩表面极其光滑，这得益于古冰川对它们暴戾的冲刷和细致的打磨。我说“极其”，那真是毫不夸张。当雨过天晴，看着那些还带着雨露的石丘在彩霞中沉浮游弋，你怎能不感叹造物主是多么地富有远见！

可能有人会告诉你：仲夏是取道游山的最佳时节，千万别信他！——当然，对那些偶尔来休闲度假的观光客、登高望远的运动家，还有那些来做科学考察的人，这个说法倒没什么错；但是，如果你是想来好好看看，深入了解一下的话，那适合你长时间呆下去的季节就是最好的时节。如果进山的时候你不想过于狼狈，那我建议你一定要轻装简行，要学会靠这片土地本身的出产来维持日常生计。为了图方便而随身携带咖喱肉汤和龙虾罐头，会让你错失丛林生活的趣味。

每道峡谷都有它独具一格的风光；傍着苍松翠柏的，你可以听阵阵松涛；临着清澈溪水的，你可以观赏鳟鱼快乐地嬉戏；可能这条山谷乱石林立，两边的花岗岩壁垒森严；而那边的山谷却水瀑欢腾，伴着飞扬的虹彩飞流直下。我之前说过，峡谷里的道路有些好走，有些却不尽然，但至少每一条都能通到云山雾罩的山巅。靠近峡谷入口处往往都生长着枝条茂密低垂的单针松，这种树你一眼就能认出来，它结出的松果是球状的，分泌着松脂，内里的松仁味美可口、富有营养，是派尤特人最喜欢的主食之一。也许天生就要方便人们采集，这种松树大都生长在海拔较低、积雪不深的地方，在朝向峡谷的山坡上密聚成林，显得格外幽暗。其实真正的松林带是从长在山涧里松针很长的杰弗里松（*Pinus Jeffreyi*）开始的。大风起时，阵阵松涛宛若一声声让人心碎的叹息。其实它本不该落寞叹息，因为身边有许许多多好伙伴。比如那些熊果树（manzanita），它们的枝干虬曲有力，在砾石间见缝插针地生长着，叶子大体上是浅浅的橄榄绿，边缘微微卷曲包裹着叶茎，而叶茎脉络清晰光鲜，泛着淡淡的红棕色。除了熊果

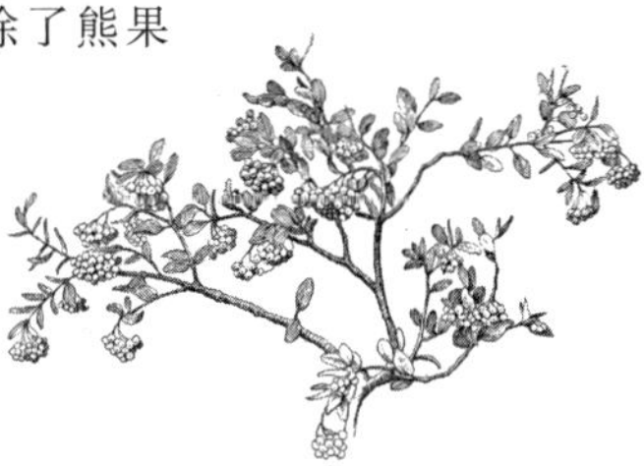

树，这里还生长着绣线菊(meadowsweet)，光彩照人的月桂树(laurel)，以及红珊瑚色的、满身披挂着成千上万不起眼的小喇叭花的钓钟柳(pentstemon)。在海拔较低的松林带，野生生物似乎格外活跃。在中空的树干和岩洞里藏着野蜂群的巢，让你能采到甜美的蜂蜜。蜂群不停地嗡鸣，松鸦(jay)喊喊喳喳地乱叫，松鼠则上蹿下跳，所有这些动静不绝于耳，闷热的空气里弥漫着一股生物的腥气。从清晨到日暮，溪水奔流，水声轰鸣不止；到了夜里，鹿钻进鼠李(buckthorn)丛中觅食。这片长叶松(long-leafed pines)松林带里，四季的风景都值得好好欣赏。你可以花一两个月的时间，留心观察那些山地动物是如何避开危险的深雪区随处活动的。你会惊讶地发现这里比你想象中的更加生机盎然。

山道总有高低起伏，但无论如何，水都是最佳的开路者；水道总能占据最低的地势和山间的捷径。谢拉峡谷(Sierra canons)的某些地段，两边崖壁相距咫尺，从一边不用费劲就能丢块石头过去，在这种促狭的地方穿行，人或马只能沿着谷底的河道迂回着前进，为了避开水流还必须走地势高一点的地方。但是在松树一统天下的地区，峡谷底部的山道往往绿草如茵，一路畅通。这里的松林主要以短叶狐尾松（shortleafed Balfour）和小干松（Murryana）为主，它们是内华达山脉高海拔地区的原住民，久居于此，脚下的落叶已沉积千年。松林荫翳蔽日，显得那样深邃静谧，仿佛收留了无数生灵的灵魂在其中安息。山道从黑松（black pine）林和那片狭长的冷杉林一带延伸过来，悄悄地进入这片林地。当你沿着山路上行，若能驻足回望，便可看到山谷的褐色身影若隐若现，看到苦湖之上碧波潋滟，看到远山之上轻云如画。而松林恰好为这幅美丽的图景镶上了典雅的画框。一眼望去，山、林浑然一体。密不透风的松林不知是因为粗心还是因为暗藏妒忌，竟然把人们脚下的山道遮掩得严严实实。要想从松树的包围圈突围，恐怕会耗尽你的耐心，但只要最终站上高岗，沐浴着徐徐清风，纵览松林的全貌，那一切都是值得的。山间的开阔地上密布着松树，它们喜欢傍水而居，河岸、溪畔以及泉水淙淙的湿地边缘都有它们的身影；松树也会在古老的冰碛岩地蜂拥而居；还有一部分则从泥炭沼泽地两边包抄过去，分头前往波澜不惊的净水湖边，汇聚在那里；它们甚至不会放过石头丛生的溪谷，尽管生长在这样的地形让它们看上去饱经沧桑，虬曲的枝干顽强地指向苍穹，仿佛一个个正在祈雨的神父，身影显得那么高大。春天的时候，空气中暗香浮动，松树的花粉集结成团，那些比乳香末还精细的花粉受到春风的撩动四下飞扬，有的甚至越过高高的山崖，直落到山巅的积雪之上。

说到这事，春天的风当然是最懂行的，胜过任何人类；事实上，这也是它唯一认准的事情。人类在遇到一个旱季以后，峡谷中的牧师们最多只会动动嘴皮子：“来吧，我们祈雨吧！”但如果像风这样提早多种点树木，岂不是更好一点？

可惜啊，现在的我们早已丧失了即兴赋诗的天分。不然，当你独坐山巅，看着四周松木环抱，一片苍莽，你的心灵怎能不悸动？不升华？怎能不想为这片松林吟唱一部英雄的史诗？松木无言，只有风儿引起的阵阵松涛在替它们轻声言语，而即使是这样的声音也还是无法传到太高的地方。但是流水却可以把松林的力量展现无遗，它们从边缘结着寒冰的湖泊中涌出，沿着陡峭的石径飞流直下。这些刚刚形成的溪水一路欢唱、奔流不辍，到了瀑布的时候，更是欢呼雀跃、轰鸣不止，喧腾的水声飞出森林，直上云霄。从山顶瞭望，你可以看见溪流在狭长的山谷里穿行，在芳草地上寻寻觅觅、乍行乍止，两边的峭壁对它们夹道欢迎，开放的河道引导着它们，让它们遥相呼应，最终相遇汇聚；而整个流域的松林都因它们而生气勃勃。

山道上最光彩照人的树非针叶树莫属；就算还有其他树种，比如那叶子总在微微颤抖的颤杨（quaking asp），虽然和针叶树彼此形同姐妹，却只能算是小家碧玉。针叶树喜欢在泉水边扎堆生长，所有的枝干都必定是向下坡倾斜，带着一个永久性向下弯曲的弧度，坡地上的松树身上也有这种情形，这种构造能避免树枝被积雪压断。

从山谷一路上行，到头就是所有峡谷交汇之处。夏天的时候，这里绿草如茵，风景格外宜人。灰色的砾石间杂草丛生、如火如荼；开阔的冰川带上溪水潺潺，缓缓地汇入深不见底的蓝色湖泊，鳟鱼正在那里快乐地游弋。这里的松树格外地挺直了腰杆，挺拔的身姿让它的枝叶有了更多自由伸展的空间——阳光透过松针在地面投下了金色网格状的影子，庇护着龙胆(gentian)、鹿蹄草(shinleaf)和纤小的梅花草(parnassus)，白色的紫罗兰妆点了整个草地。在野外，一切都遵循着各自的生物钟应时而动。比如，当溪流浅滩的水波声明显提高了半个音调，这标志着融化的雪水已经顺着白天被阳光炙热的山梁流淌了下来——这时夜幕即将低垂，该点燃傍晚的篝火了。倘若它降低一个音调——人很难察觉这一点，但是道格拉斯红松鼠(Douglas squirrel)会在昏暗的松树顶上用它那高亢清脆的尖叫声提醒你——那些喜欢仰看星空的生灵已经敏锐地捕捉到了天边第一缕曙光。惠特尼(Whitney)山的位置得天独厚，受到召唤的曙光首先到达它的峰顶，然后才从欧帕帕戈山照耀到威廉森(Williamson)山的正面；接着又飞快地掠过勒孔特山(LeConte)西侧的群峰。高山的溪流此时完全苏醒了过来，涓涓流淌，鸟儿们也开始放声歌唱。但在离此三千英尺以下的峡谷深处，你正拨弄柴火烧早饭的地方，至少再过一个小时才会天色大亮。在高山之巅，日光不断用交错的光影演奏着它的交响曲，从淡淡的玫瑰红转变为紫色，从柔和的晨曦转变为炫目的强光，有时像平地惊雷转瞬即逝，有时又像风中咆哮的洪水四处肆虐，时而肃穆庄严，像是漫步在沉寂的墓园，时而又欢欣雀跃，仿佛一群老人在闲话着什么趣事。

没几个人能说得准山道上的哪一处风景会是自己的最爱。而至于我，只要到了银杉树(silver fir)地区，就一定会继续往上走，去寻找白色的耧斗菜(columbine)。它们生长在高山湖泊周围的层层梯田和湖区以上、雪线以下的碎石滩里，一簇簇丛生在一起，花朵总在轻轻颤动，萼片在空中舒展着，花瓣清新纯白，美得让人眩晕。但是，就像逛街的时候要记住别在一家店里花光所有的钞票，面对眼前这美轮美奂的风景，你也必须得学会有所保留，别被它俘获了你的全部身心，要知道，更好的风景还在别处，还在来年。

如果你能在高山地区一直盘桓到花季结束，等第一场真正的大雪降临后才下山，就能发现一路上别有洞天。每一年的头一场雪总是下得格外缠绵，东一团西一团的积雪让山道滞涩难行。在高地出没的动物们趁着初雪没来的时候纷纷迁徙到了雪线以下的森林边上。包括鹿、熊、加拿大盘羊、美洲狮和短尾猫在内的动物每逢初冬或者早春时节，就会出现在黑松林之间的开阔山坡上，在鼠李灌木的周围活动。但是，当厚达二十英尺的积雪表面结上了一层坚冰，这些动物的活动范围就变大了，想去哪儿觅食都可以。隆冬时节，常常飞雪连天，冰面上很容易又堆积上三四英尺深的松软浮雪，让山道附近的居民举步维艰。这样的暴风雪一来，习惯随气候变化迁徙的黑尾鹿(black-tail)就开始启程，顺山谷而下前往瓦班山草场。那里降雪很少，水量适中，稀稀落落地长着几株松树。加拿大盘羊或者野绵羊能轻松应付最严酷的暴风雪天气，但是却在这种松软、游移的积雪中一筹莫展。每逢山上下了这样的一场大雪，印第安人就能在地势较低的山涧里捉到正在齐胸深的积雪中挣扎的盘羊。我有一对重得出奇的盘羊角，它在一年前还挂在一头威严的头羊顶上。当时整整下了一周的雨雪，它被困在橡树溪的山口，印第安人在那里找到并杀死了它。面对这次猎杀，它既没有徒劳地挣扎，也没有颤抖，它保持了王者的风范。对它以及它带领的另外四只盘羊来说，没有被凶残的夜间掠食动物先找到，而是通过这样的方式死去，已经是相当幸运了。

冬天的山冈上有着比你想象中更多的生命活动的迹象，而且比夏天的时候更容易发现。野兔脚步一向很轻，在林间荒地上不会留下任何脚印，但在雪地上就赫然在目了。冬日伊始，鸟儿们已经从高处的松林带飞到山下，但就算你找遍它们常去觅食的果园或者喜欢栖息的树桩，甚至你在台地上从南到北极目远眺，希望在天空

中看到它们迁徙的行列，也是徒劳，它们踪迹杳然，仿佛从来没有出现过。你只能看到小松雀正在厨房门外忙着啄食食物碎屑，啄木鸟用喙敲打着农舍的屋檐，而那些在夏天的峡谷经常出没的鸟儿全都不知跑到哪儿去了。但只要过那么一阵子，当我们总算大着胆子爬到积雪区的边缘地带，就会发现它们都在山道上活动。那里的松林密不透风，挂满积雪的松枝重叠在一起，搭成了一顶顶天然的防风帐篷，为过冬的鸟儿提供了理想的庇护所，而到了冬天依旧挂在枝头的松果以及藏在树皮下的昆虫幼虫也为鸟儿提供了充足的食物。地栖的鸟类则会钻进密密的灌木丛中，在积雪中找到藏身的暗洞。山坡上长满了一人多高、枝干粗壮的灌木，其中有些四季常青的品种，像给鸟儿们的家围了一道严密的篱笆墙一样，可以想象，它们在里面一定非常安全。峡谷那边的积雪会飘散到山冈上，覆盖在山石和植被上面，但总有一些雪落不到的犄角旮旯，比如被一些横空出现的突出的岩石挡住的地方，或者一些灌木搭好的坚实的圆拱，都为鸟儿们提供了公共的活动场所以及积雪下的往来通道。

阳光透过积雪照过来以后变得幽蓝诡异，但亮度也刚好够照见草木的种子和浆果，实际上，风携着雪花一点点筑成的雪墙恰好能防风保暖。植物，尤其是那些正值生长期的常绿植物一看就是能散发出热量的，因为远在春天的暖风吹来之前，雪墙的内壁就已经开始融化变薄。当然，这都是事后你才能想到的。山道上的一切安排得井井有条；积雪包裹着灌木丛，压得它们的枝条紧紧倚靠在一起。小鸟们沿着固定的路径飞进飞出，劲头十足，看不出丝毫的沮丧和抑郁。其实，即使严冬的考验再怎么残酷，你也用不着可怜它们。温室里的花朵很难体会山野的滋味，刻意追求舒适生活的人们无疑会夸大自身的感受，尤其是对痛苦的感受度。无论野生动物是否能理解冬天的残酷，它们适应它的过程都要比人类轻松得多。大自然要在山道上做的事都是有模有样的大工程。在这之前，鸟儿、松鼠和马鹿在山道上来来往往，孩子们一边叫卖小商品，一边嬉戏玩要。山道只有到了夏天，才能给自己放个假。“最好现在来吧，”山道之神说，“接下来我可是还有好多事要做，你们就别想再玩耍了。”

说是这么说，但好心的山道一定会留下一线空间供他们栖息。山道一般不会把他们真的赶出去，除非它要抓紧时间完成一件大自然交给它的光荣任务。对此，当地的土著们早已习以为常，只有我们还懵懂得很呢。

水岸边

我喜欢印第安人给这座山起的名字——孤松（Lone Pine）。它和我主要想讲的欧帕帕戈山的名字——哭泣者，真是般配。孤松山位于内华达山脉最巍峨的那部分区域，它靠东矗立，独立成峰。亘古以来，就有一排平缓的小山丘匍匐在它的脚下，这使得它看上去就像一位你似曾相识的妇人，正躬身俯望着她那些逝去亲人的坟茔，坟上荒草萋萋，而她神色凝重。孤松山山势陡峭，壁垒森严，峭壁下有两片仿佛孪生的湖泊，湖面上水汽蒙蒙，白色的水波倾泻而出形成了一道翻腾不息的溪流。温尼纳普是这样说的，“玛哈拉永远在哭泣”，说这话的时候，他本来就沟壑纵横的脸上，皱纹越发深了。

山上的溪流究竟从何而来？这就像问我们的泪水从何而来一样！它们的源头都让人感到神秘，但其实道理很简单。源头始终都在，只是很少有人能真正找到它。

在这儿，流水终年不断，哪怕是霜冻期，冰封的山谷里依然有涓涓细流。它们能在正午的日光下昂然前行，也能在夜晚的寒冰下，细碎地叮咚流淌。你若把耳朵贴在雪地上，能清楚地听到溪水在峡谷的冰碛下咕咕咚咚、不断流淌的声响，而那里至少离你有十五到二十英尺的距离。早在春雪出现消融的迹象之前，积雪上就会出现一些凹陷的痕迹，它暴露了正有溪水从那里悄然流过。如果有探险者致力于搜寻溪水的源头，他倒是能发现春潮是从哪里萌动的——山丘的前坡上开始水雾升腾，冰碛正在不断消融，铺满碎石的岩滩洼地开始出现一圈圈水迹。等到了六月或七月能够露营的季节，溪水骤然就涨满了河道，一路欢唱着流下山去。这个过程中，你似乎只看到最后几朵雪花从空中飘下，化成水珠滴落，却看不出它们是如何突然就壮大起来汇入了溪流。山中的溪流通常由高山湖泊中清寒的湖水倾泻而成，湖水有时渗入山腹形成了山泉，你如果靠近倾听，甚至能听到泉水在疏松的碎石缝中穿行，落入看不见的地下暗湖的声音。说到这儿，就来讲讲这些湖吧。

湖泊是山的眼睛，碧绿、沉静，经常不动声色，显得深不可测。谁也猜不出，它们在那高耸的岩壁下正在酝酿着什么。当地流行的说法是，肯定有那么一两个暗湖是无底深渊。由于暗湖通常都深藏在开裂的巨石堆成的石冢之下，人要么进不去，要么进去了，出来的时候一定会挂彩。比如基萨奇的山道在山口附近有一个相当危险的急转弯，那里的陡坡下面就有一个这样的暗湖。它静静地躺在一堆边缘锋利的岩石中间，湖水泛着阴险的绿色，当地的导游最津津乐道的就是它曾经吞噬了一批又一批动物。但欧帕帕戈山的湖应该没有那么深，虽然绿色的水更加灰暗，但却没有那么充满恶意。在这样的高地，岩石的凹槽里似乎始终镶嵌着一些薄薄的冰碛终年不化。乌鸫（ousel）常常光顾这里，在上面蹦蹦跳跳地闲逛。它们在淡蓝色的冰洞飞进飞出，唱着歌儿，歌声甜美而诡异，从洞穴的上方听来，宛若水妖的合唱。这么高、这么险峻的地方，别人或许会觉得荒凉孤寂，而像我这样打心里热爱这里的人却不这么看。你瞧！连蝴蝶都不辞辛苦来到这里！虽然地处林木线之上，这里却芳草萋萋，矮小却鲜美多汁的牧草丛生在一起形成了黄金草场。山上的花岗岩轻易不会碎裂，但一旦碎成了渣，分解成了土壤，就会被充分利用。每一把疏松的碎石，只要还能存贮一点点水分，都会有植物在上面扎根。眼前的环境虽然恶劣，但它们尽量选择相对有利的位置。高山上的草本植物物以类聚，各有自己鲜明的领地，不会出现大家在土地上平均分布的共产主义现象。在雪堆背阴处有一些铺满碎石的空地，雪水在上面冲刷出一道道沟渠，里面长满了毛茛（buttercup），夜晚的严寒让半截子毛茛都结了冰，但它们却一心要结出成熟的果实，为此甘心忍受冰雪的洗礼。瀑布下面以及瀑布流经的岩石裂缝里，浑身湿漉漉的马齿苋（portulaca）

和小巧的蕨类植物在微微颤动。山间溪流的两岸，土壤往往最是贫瘠，但岩须(cassiope)却在这里长得格外茂盛。我在光滑的冰川地带没见过这种植物，但在高海拔的山岬上，那些风化、崩裂的岩石裂缝中却发现了它们的身影，看到它们的叶子紧紧贴在地面上，大片大片白色的花朵像风铃一样在不停摇曳。野羊经常在这一带出没，欧帕帕戈山因此也被称为“羊山”，在离那片石南(heather)床很近的地方有一处石窟，加拿大盘羊就在挂满冰凌的石洞里哺育后代。

这里高出了狼的巡游范围，连鹰也行迹罕至。虽然地面上铺着柔软的石南，但它们过于潮湿，一点都不暖和；除了星星，谁也不愿来此造访。看上去，应该没啥动物愿意把家安在这样的高寒地带。但时不时地，你还是能看到一些褐色的小家伙，大都是些鼠类啮齿动物，在岩石间偷偷地溜来溜去；也只有这些地栖的食草动物才能如此轻松地适应这种高山的荒凉环境。若是有一条溪流能畅通无阻地到达湖泊，鲑鱼就会顺流游到湖中能找到食物的最远的地方，但是乌鸫对湖泊才是真爱，也只有它们才能进入湖区最深处。

湖泊怎么都不会位于山峰的最高点，因此，可以从湖边水岸继续往上去看看更高的地方长着什么样的植物。最高处可能生长着各种禾本草类，像吉莉花、品蓝色的花荵（polymonium）、玫瑰色的内华达报春花等等。高山上的花卉生命力顽强，但与此不相称的是，它们的花朵在强光的照射下，开不上一天就会褪色，还没来得及完成繁衍后代的使命就已经花容憔悴。高高的山脊上分布着不同的植被，它们的颜色从蓝色过渡到玫瑰紫色，又从洋红过渡到珊瑚红色；而湖边水岸的植被颜色则以黄色和白色为主，等这两种色调混作一团、打成一片，就到了草甸的边缘，这时就出现了沟酸浆（mimulus）醒目的鲜红色，它们正好长在耧斗菜的上方。

山间的溪水从终年积雪的高山草场启程，一路向下流到某个合适的高度，就摇身一变成为一条引水渠。这差不多成了一个模式。一开始，它还只是被冰雪环抱的池塘里的一滴滴水珠，悄悄地从冰川冲刷出来的小缺口溜了出来；它一点点从布满裂隙的峭壁上坠落，渐渐汇聚成又一个池塘；水波荡出池塘，一圈圈涟漪滑过石坡上的岩石，呼啦啦地流进了一个小湖。在这里，它如虎添翼，能量不断增长，卷起漩涡、带着泡沫呼啸着冲进一个岩坑；随后，溪水溢出岩坑，滑入宁静的草甸；等穿过草甸，就又滚落到陡峭的山涧里，与来自不同方向的溪流汇合在了一起；最后直到它出了山口，进入开阔地后，前进的水势才渐渐平缓起来。在林木线不能到达的高山区域，散布着一道道长满青草的草甸。在这儿，你会踏足在矮柳（dwarf willows)织就的草毯上，为了生存，它们的身形和叶子都尽可能的矮小而实用，但开出的柳絮却毛茸茸的，大得可观。在这种事上，没有哪种高山植物比矮柳做得更好。跟别的植物不一样，它能从茎秆的结节处长出根须来紧抓住地面，它的叶子细小而稀少，但缀满柳絮的花序却比叶子多出一倍有余，即使这里适合生长的季节极其短暂，它们大都还是能成功地结出果实。小河湾处的土壤松软潮湿，小型的熊果树在这里长得格外茂盛，它们难得结果子，所以必须在岸边细细寻找，才能有幸在树丛里发现几只闪闪发亮的玫红色小苹果。在这片高山地区，你得学会向它低头，只是千万不要丧失勇气。我曾在这片冰冷的草地上艰难跋涉了好几个小时，连死的心都有了，但只要不像奥利弗·特威斯特(Oliver Twist)[1]那样喜欢抱怨，这样的经历其实并没有害处。走过草甸，马上就会看到灌木柳；在内华达山脉的大部分溪流里，只要旁边有灌木柳，一般都能看到鲑鱼的踪迹。没人统计过这一带鲑鱼的分布情况；不过近年来，那些理应有鲑鱼的地段，湍急的褐色水波里几乎连个鱼的影子都看不到。就算一些有远见的钓鱼者已经采取了部分自然环保措施，但也于事无补。

在内华达山脉中部，白皮松(white bark pine)是海拔位置最高的针叶树，它与石南生长在同一海拔线上，只是远离水岸边，因为它不像落叶松那样喜欢潮湿的地方。这个高度的林木线附近总是特别宁静，甚至连鸟儿的叫声都不大听得到，但

1 狄更斯笔下《雾都孤儿》中的人物。

看看那些被啃咬过的褐色松果，你就能猜到一定有金花鼠在此定居。包括黄昏时，你还能看到旱獭(woodchuck)从这里跑下去到溪边饮水。有一年夏天，我们在通往风湖(Windy Lake)的一小片沙汀上看到了一幕悲剧的遗迹：一棵松树的树杈上叉着一对羊角，那显然属于一只未成年的野羊，它活着的时候不小心把自己的角卡在了树杈上，再也无法脱身。虽然有树干遮风挡雨，但羊角还是已经风化，导致羊的头骨脱落出来，变得破碎不堪。我们很希望当天夜里就有掠食动物从附近赶来结果了这只羊，帮它迅速了结痛苦，可谁又确知当时的情形呢？反正我再也不喜欢风湖边上的这片沙汀了。

所有的雪地植物似乎都很擅长计算自己的花期，当它们还深埋在厚厚的积雪中时，就已经悄悄地在为开花做准备了。湖边的石南花刚开的时候，它脚下的冰雪还湿漉漉的，没有完全融化。在离路边的雪堤半米不到的地方，我见过最小的山月桂(*Kalmia glauca*)开出了花朵，而且结出了成熟完整的果实。它要是直接长在雪堤上，那至少还要一周以后才能冒出头了。某种意义上，那些以英语为母语的民族，他们的血脉中融汇着石南的灵魂，即便是最冷漠的人，当他们折下一枝石南花的时候，都会一脸惊讶，认真地问道："啊！这就是石南吗?"这也许因为，他们和石南虽不同类，但双方的祖先却曾一起生活在冰河时期的雪原，这一刻，他们血脉中的记忆醒了过来。

到了松林密布的地区，地面的坡度降低，溪流也逐渐平静下来，缓缓地流过开阔的滩涂，这些滩涂原本是湖泊的盆地底部。林间的溪水是褐色的，水里生活着大量的鲑鱼。这里是龙胆的天下，它们那蓝茵茵的花朵真像是一只只可爱的蓝眼睛，得意地在那里眨巴着。龙胆有滋补身体的功效，不过这没什么好惊讶的。林地保护区外面的草甸经常会有羊群光顾，龙胆自然少得可怜，但偶尔也能看到一种矮小的、浅色花朵的纽氏龙胆(*G. Newberryii*)。小河边上有一小块、一小块的草坪像绿色的舌头一样从松林间探出头来舔舐着溪水，上面生长着一种高山堇菜(alpine violet)，它们几乎没有茎秆，开着没有香味的白色花朵。

在山上大约海拔九千英尺高的地方，每到夏天就会有流星花（*dodecatheon*）开出玫瑰色的花朵，一闪一闪地在草地上勾勒出一道道亮晶晶的花纹。单枝的流星花花梗纤细，但花梗顶上有十二片花瓣的花朵完全盛放的时候，花瓣常常能达到两英寸，远看就像一片小小的翅膀在风中起舞。

山里最大的湖差不多也位于这个高度，密密的松林一步步朝它围堵过来，但是这种入侵也让它们付出了代价，离湖边太近的松树一到夏天就浸泡在泛滥的湖水里。就是这儿，在山湾潮湿的岩岫中开满了繁花，构成了内华达山脉峡谷中最奇妙的一处风景。

松林间芳草如茵，起风的时候花的影子忽明忽暗，有的躲在岩石灰暗的阴影下，有的开在地下泉水慢慢渗出积成的泥潭边上，它们搭配在一起，编织出了一幅你能想象到的最完美的锦绣。蕨类植物的花床上会有百合花冒出头来，耧斗菜在绣线菊头顶搔首弄姿，被风吹倒的草丛中会现出白色玉凤花（reinorchid）颤巍巍的花朵。开阔的洼地一到雨水丰沛的年份就成了河道的一部分。这里的主要植被是加州藜芦（*Veratrum Californicum*），也被叫做“伪藜芦”，它会开出高大的花序，那样子就像一座枝形的烛台，上面缀满了浅绿色的小花。花序下面长着船形的叶子，没有叶柄，包裹着一层叶鞘。绿色的花朵在阳光下半透着光线。它是百合花科中一位体面的成员，却不知为什么被叫做“伪藜芦”，这其实是对它品性的公然冒犯。要知道，它分泌出的新鲜汁液和任何其他藜芦一样有剧毒。

像大多数山地草本植物一样，藜芦急匆匆地赶着开花。夜里，当森林里一片寂静，你能听到还没完全开放的花蕾在花梗里面推挤着包裹它的叶鞘、急着展开花瓣时发出的噼啪声。像藜芦这样能够拥有自己独享的空间，宽松自由地生长，算得上是得天独厚。因为如果一定要说生长在湖区的植物有什么缺点的话，那就是种类过于密集庞杂。仅仅在基萨奇峡谷一处，我们就知道有三百多种植物，其中还不包括那些在别处也能找到的品种。

从九千英尺高的地方开始向下，溪水领着我们穿过相对开阔、带有波痕的山坡和一道道白色的小型瀑布流到一个湖泊又一个湖泊。当它离开湖泊继续一路向下，还会流经泥泞噬人的沼泽和紧密扎实的草甸。

到了这儿，就到了山间溪流纵横交错的地方。在内华达山脉中部，向东的山坡上一色的松树，等山溪流到最下面的湖区，两岸的松树就渐渐绝迹，只余零星几棵黄色品种，取而代之的是桦树和柳树。但这一路往下直到台地都能看到冷杉——这里朝东的山坡下都不是平地——只有像冷杉这样高挑才能引人注目。冷杉要长五十个年头才第一次结果，它自然不会辜负老朋友们对它多年的守候。在开花之前的整整半个世纪，冷杉一直保持着处子般的清纯与优雅，而一旦开过一次花，它便悄悄地褪去了幼时的稚嫩。年复一年，树干低处的树枝不留痕迹地脱落；年复一年，像星辉一样向外放射的树枝叠成的尖塔不断向空中伸展。冷杉喜欢长在水边，喜欢一直沐浴在穿过峡谷的清风里，喜欢悄悄地从内到外精心地雕琢自己的果实。在冷杉结果的旺季，果实上像花瓣一样的鳞片纷纷张开，红色的表面光滑如丝，宛如一朵盛放的玫瑰。

从溪流开始纵横交错的地方继续往下，两岸的领地逐渐被一种西部地区特有的棕色桦树占据。这种桦树可不怎么讲理。它们长得十分密集，溪水灌溉着它们，它们却堵得溪水几乎断流。它们密不透风地挤在水边，让钓鱼的人连抛竿的地方都没有。而溪边的柳树就比它们强多了，它们在彼此的茎秆之间，留足了地方给其他植物生长，比如扁萼花（painted-cup）、杓兰（*cypripedium*）以及另外一种叫不上名字的植物——花梗是空心的，开着夸张的白色伞状花序。不过，这个地段虽然有飞流直下的瀑布、白浪翻腾的漩涡以及或碧绿或浅茶色的池塘、草甸和台地间潺潺的水流，但总体而言，鱼迹和花草却很罕见。

等到山溪流出峭壁林立的峡谷，你就又能看见很多的花鸟鱼虫了。这时的山溪不再高调喧腾，变成了一条平缓恬静的小河，河水倒映着天空，一路奔向宿命的终点。

在西部地区，体量大的山溪都会名正言顺地被改造成为灌溉渠，当然这对它们来说也算得其所哉。山溪沿着两岸布满砾石的河道，大大咧咧地向着耕地流淌过来，但是，到了人造的水渠里，它们还能走多远呢？这些已被人类奴役的山溪，反而让人难以亲近，它们就像终日奔波的人一样，在忙忙碌碌中变得日益沉闷。如果你想了解它，想学会识别它在清晨和黄昏不同的音调——浅唱低吟也好，跌宕起伏也好，其实都是由于源头的融雪在悄悄变化——那你需要在它还是一条天然的山溪的时候就关注它，并且花时间在它身边生活；你的视野得尽量越过山谷，扩展到南至伊克利普斯(Eclipse)北至曲堤(Twisted Dyke)的广大地区，去观察那些在阳光下闪闪发亮的村庄的水门的堤坝，以及田地间亮闪闪的渠堰，还有在渠堰边安静觅食的蓝鹭(blue heron)。

要想搞懂水渠的脾气，你恐怕先得来看过下面这一幕：在一个干旱的夏季，为了捍卫他对水渠的使用权，老阿莫斯·贾德森(Amos Judson)拿着步枪蹲守在水闸边，一直到旱季结束。这段水渠叫图莱溪(Tule Creek)，它一半归阿莫斯所有，另一半则归相邻的格林菲尔德(Greenfield)农场。高山松林带如果很少降雪或者虽然下了雪但积雪融化得过早，都会导致当年的庄稼缺水，碰到这种年份，阿莫斯就会强硬地把水渠里的水全部引到他家地里去，坚称这才满足正常年份他那一半份额的水量，他誓死不做退让，为此甚至抄起了步枪。格林菲尔德的第一任农场主杰西·蒙大拿(Jesus Montana)——对比他俩的名字你立刻就能看出贾德森的种族优势——自然为此与阿莫斯·贾德森发生了冲突，结果挨了阿莫斯的枪子，连中五枪，从此就只好承认贾德森一家在这种缺水年份对水渠的处置权。这种荷马时代解决争端的方式曾经蔚然成风。不过十二年后，当格林菲尔德农场已变得不再是一片绿野的时候[1]，新来的农场主克拉克(Clarks)家的人开枪打死了贾德森的一个家人，他也许还指望自己此举也能被后人

1 Greenfield 的字面意思为“绿野”。

传为佳话，不料却被陪审团判定为过失杀人。这一判决让格林菲尔德农场的人大失所望，而阿莫斯还是像从前一样坐守在水闸边，那副样子有点古怪，活像一只孤单的沙丘鹤(sandhill crane)正在图莱溪里搜寻着水下的蟾蜍。格林菲尔德后来的历任农场主都拿阿莫斯没什么办法，直到最后这位叫戴尔德里克(Diedrick)的。有一年八月里，整整一周山溪的水量都很少。贾德森家的引水渠断了水，于是他提上来复枪跑去看个究竟。他看见戴尔德里克的老婆坐在水闸边，腿上搁着把长柄铁锹，就是她把溪水都引入了自家的水渠。这女人根本不打算回家，就坐在大太阳地里织着毛线活儿，连饭都是让孩子们直接带过来。贾德森这回可没辙了：照他自己说，

好男不和女斗，他总不能和一个女人动手吧。再说那女人身材魁梧，手里的长柄铁锹也不是吃素的。第二年上，贾德森和戴尔德里克在引水口安装了一个新式水阀，保证了两家在夏天枯水期能平均分配水源。争夺用水权的事时有发生，有些可比阿莫斯他们这个龌龊得多，而且结局悲惨。不过，听听这些事情也好，要不然你也不知道溪水流经各家的园地，常年在人工渠里缓缓流淌的时候，到底作何感想。从它身上，你能看到山上的洪流怎样一点点地变得节制而冷静，现在的它就像是你的一位不苟言笑、年届花甲的老邻居，过去的生活成就了他，让他到了知天命的境界。

对水的需要，让各种草本植物和灌木总是与水渠如影随形。柳树是跟着水渠走的，有渠水的地方就有它，只要还能从水渠这里沾上一点儿光，它就能长到更远一点的地方。水渠沿岸堤坝上会出现裂缝，水花也会不停地跳出水槽，这都会让渠水偶尔摆脱它固定的路线，使得两岸的柳树有了落地生根的条件。本来的不毛之地只要有了一条新的水渠，只要三年，沿岸的数里之内就会长满柳树；再过三年，水渠旁就会绿树成荫，密密的柳枝在渠水上方交错掩映。大型灌溉水渠两边的地盘基本被柳树捷足先登了，正因如此，我们很难看到其他树木的身影。桦树就很保守，它早在峡谷中山溪交汇的地带就已经出现，但却不太愿意进入人类出没的地区，宁愿呆在天高水丰的山野里。它很早就止步不前，根本不会出现在溪水于夏天能达到的极限流域，我从没听说过耕地那边的水岸上会长出桦树来。一些水岸边的植物似乎也有意规避那些耕地。铁线莲的茎叶与其宿主的缠绕在一起，它不露痕迹地从河口的滩涂开始一路沿着水岸长到人类村庄的围篱旁，然后又越过篱笆，躲进某个荒废了的草场的角落里，或者是混进那些荒废池塘边繁茂的植物丛中；但它绝对不会出现在任何用铁锹、铁犁平整过的地方，很难通过人工园艺让它生根发芽。另一方面，由欧洲殖民者带入美洲的一种普通的夏至草却酷爱长在绿栅墙边和人们精心打理过的小块园地边上。相比许多土生土长的品种，它们散布的范围更广，乡间各处只要是水沟边都能看到这些不受欢迎的家伙。引水渠对身边的植物从不厚此薄彼，所有那些被人带来西部、混进园地的外来杂草，它都会连同草籽一起召集过来，每样都给它在自己的堤岸上安排一个栖居之所。夏天的渠水漫过堤岸，圆叶锦葵（*Malva rotundifolia*）会随着渠水一起蔓延到街道上；蒲公英不会错过任何一个春天，往年结出的蓝色草籽总有那么一两颗飞到草坪上开出花来。比起这两种植物来，百合能在离水渠更远的地方开枝散叶，它的球茎是中国劳工的美食，因此被特意种在邻近水渠的泥坑里。茨菰（*seegoo*）则把自己的王国随意地建立在渠边的水泽地里，它那白色的花穗从一簇簇箭头一样的叶片中脱颖而出，看上去和本地品种一样悦目。

在西班牙裔加利福尼亚人所建的城镇，大街小巷里都能看到一种丛生的香气四溢的"美味草"[1]。且不管它到底是不是本土原有的草本，以前那些传教士初来乍到就知道了它有退烧的功能。我认识当地不少老太太，她们都会用这种小薄荷混合多汁的假银莲花（*yerba mansa*）配制一种

1 加州小薄荷，以及其他各类能做调味品的草本。

疗效惊人的药剂。后面这种草药天然生长在潮湿的草地，它独具特色，完全够资格构成一个单独的植物科属。

灌溉渠如果挖得不够深，再加上疏于管理，很快就会被水田芥淤塞住。水田芥通常在内华达山脉地势最低的泉水附近繁殖，它是靠近人类聚居地的水岸植物的典型代表，这些植物对人都有一点用处，于是乎理直气壮地抢占了地盘。两耳草(joint-grass)生长在草泽里，它的块茎可以食用，味道像坚果，印第安人把它叫做“塔布斯”。山那边浩浩荡荡的芦苇荡里，芦苇在风中飒飒作响，苇秆虽轻却很结实，可以用来做成箭杆或者箭头，它的汁液和茎髓有糖分，可以用来榨糖。

越是不靠复杂的知识，以原生态生活的人，越是容易发现和利用植物的魔力和功效。印第安人从不像植物学家或诗人那样关心植物的外观和相互关系，他们只在乎植物有什么样的用途。

植物的用途当然不胜枚举，但印第安人又是如何发现的呢？靠直觉，还是意外？猜猜看！猫是怎么知道什么时候该吃猫薄荷草的呢？为什么西部本地出生的牛就不会去碰疯草[1]，而外地来的牛就会吃，然后疯掉？你可以假设，在某次饥荒中，饥不择食的派尤特人连草地上零星野生的欧洲防风(parsnip)都挖出来吃，结果死于非命。这让他们学会了可以用它迅速了结别人或者自己的性命。可他们在垂死的时候万一反悔了，又是怎么发现用动物油脂就能马上解毒的呢？又是谁告诉他们，看上去干巴巴的内华达麻黄(*Ephedra nevadensis*)，却能从中提炼出治疗胃肠功能紊乱的精油呢？反正他们就是知道，就是会用。有人认为这是一种在复杂的文明生活中久置不用业已退化的人类本能。我清楚地记得，当我第一次在一片潮湿的草地上看到满地的假银莲花的时候，并不知道它的名字，也不知道它的实际用途，但看着它泛着清光的叶片、粉嫩的茎秆，还有散发着果香的花朵，怎么看都是一副很有用处的样子。我甚至觉得只要能摸摸它，只要能有一点点线索，哪怕谁用只言片语给我提个醒，我就能弄清楚它到底有什么用。于是，我开始久久地抚摸和感受它，

1 分布于美国西部的黄芪属和棘豆属的几种植物，能导致牲畜神经系统功能紊乱。

希望能悟出它的妙用。当时我那情形就像一位乐师面对一把乐器，明知它能演奏出美妙的音乐，只可惜自己功力不济，只能望花兴叹。后来有一天我烫伤了手，罗梅罗太太(Senora Romero)用假银莲花做了一种软膏为我疗伤，这让我一下子豁然开朗，终于证实了长期以来的猜想。

从半山的湖区开始，堆心菊(*helenium*)一路向下一直长到村庄的渠堰附近，单凭它那美丽的金褐色花盘，它就有足够的理由在这里有一席之地。这种植物散落在水岸边的小型岬角或溪流中央的小沙洲上，根部的基生叶常年淹没在水中，几乎看不到叶柄。湍急的水流拍打着它的花茎，花朵带着生命本能的悸动随之不停颤动，仿佛随时就要起飞一样，那感觉就像是你即刻就要从溪流潺潺的水声中听清它真正的旋律，却永远也做不到。这里的堆心菊数量尽管不少，但分布得却并不广泛，一年年的，它们都只出现在同几块地里。另一种从湖区扩张到耕地周围的植物是红耧斗菜(*C. truncata*)。荫凉的地方能让它更好地生长，但炎炎夏日里，耧斗菜却在耕地上泛滥成灾，完全丢掉了它在山林里的那份优雅矜持。这里还长着一种特别常见的兰花——伪仙女鞋花[北美火烧兰(*Epipactis gigantea*)]，只要是水边，只要它旁边的其他植物长得足够茂盛，它就如鱼得水，似乎环境越是拥挤就越能刺激它的生长。

内华达山脉中段往东，山势出现骤然的下降，形成了高山峡谷地形。一万四千英尺高的山峰几乎是直上直下从岩滩上拔地而起，连与山脚平地相连的山麓也没有，山腰则环绕着暗沉沉的松林。岩滩或者台地地势较低的一侧，地形也是突然下降，经由一个断层，向下直落到河谷中。在这个下降过程中，沿路分布着不少泉眼和季节性出现的湿地沼泽。受海拔高度连续变化以及镇子里的人在此放牧的影响，这里的植物王国似乎经过了特意的修剪，颇有点湖滨花圃的格局。我们看得到的有水田芥、紫罗兰、委陵菜(potentilla)，还有那长在柳树成荫的湿地里的白色的假阿福花(false asphodel)。我敢说，在命名植物的时候我们滥用了“假”这个字——诸如假锦葵、假羽扇豆，等等。至少这种阿福花假不到哪里去，它具备一个真正的百合科植物天造地设的所有特征，只不过它的叶子更像一些，花儿则稍稍逊色一点儿，真应该起一个更好的名字才配得上它那天使般动人的模样。当地的台地草场上还有一种原生的鸢尾花（iris），春天，大片大片鸢尾盛开的时候，那些苍白的花瓣在风中不停颤动，宛若小鸟在那里振翅欲飞。如果单看一朵鸢尾花，很难产生这样的想象，它的样子过于单薄，而且轮廓也不够逼真，但当你放眼望去，把成片的鸢尾花尽收眼底，你会看到一片花的海洋化身海市蜃楼般的蓝色雾霭在荒原上滚动，那一刻你一定会恍若置身在云端之上。我觉得鸢尾花是属于诗人的，它们不值得采摘，而且还影响牧场中牧草的生长，但也正因为如此，它就更值得人们珍惜。有一天，我瞧见温尼纳普从鸢尾花中等大小的叶子里抽出又细又韧的纤维做成诱捕小动物的套索。鸢尾花花圃的边上长着一种几乎没有叶柄的纯金色毛茛，还有一种长着匍匐茎、颜色深红的菊科植物。据我所知，在英语文化传统里，小孩子们手里总是拿着毛茛。他们最初谁都想找几只小青蛙做玩伴，如果不行的话，就会退而求其次，对毛茛一样爱不释手。我发现有五种毫不相干的花都被冠以毛茛的爱称，就像所谓的流星花其实也是好几种不一样的植物。

在台地的每一眼泉水旁边，你都能看到一丛灌木，它就是有名的鼠李，在过去，鼠李皮就是一种“神树皮”。在峡谷上面，有降雨的地方，这种灌木多见于石头坡地，而在干旱的谷地，它们只在水边生长。

在西部，所有的山谷和沙漠边缘地带都会有大片土地被沉积的盐碱严重侵蚀，颜色铁黑，散发着腐败的血液般的腥臭气。这种地方除了耐盐碱的厚叶杂草，很少能有其他植物存活。但令人称奇的是，这里居然生长着西部唯一的一种天芥菜（*Heliotropium curassvicum*）。它长在板结了的泥地里，那些地方就在水渠沿岸的道路旁，经常会有一些渠水渗漏过来。它的花色惨白，叶子暗沉，就像老式花园和墓地里的那种景天植物，只是没那么漂亮。在学习了那么多喜水植物的药用功能之后，你肯定不会奇怪这种天芥菜分泌的黏液也是能入药的。

最后要说的是长满灯心草(*Juncus*)的苇塘。漫出河道的溪水缓缓汇聚，形成了污浊的溢水流，看上去一片荒凉，其中一定能看到大量的芦苇。这种芦苇也被叫做灯心草，它在冬天的时候颜色一片惨白，一到夏季就转变成深绿色，配上下面那浑浊到发黑的水流，看上去就是一副有毒的样子。肮脏的水塘、腐烂的柳木桩、河道狭窄的拐弯处以及路面上积了水的洼地，都是这种水草生长的温床。灯心草在这些地方长得异常茂密，拔出水面有一人来高，无论是家畜、鱼还是飞禽都别想钻进去。灯心草枯死之后，它的茎秆要很久才会倒伏下去；随着不断有枯枝败叶填充下去，水底的淤泥越积越厚。这样慢慢发展下去，沼泽中就会筑起一座座小岛，最后重新变为陆地。流水被小岛排挤出了沼泽，它们开始侵蚀更多的土地，冲刷出更深的河道。

笼罩在瘴气之中的灯心草苇塘神秘莫测。虽然我一直想进去探个究竟，却始终未能成行。那里一定是个神奇的乐园，由不得你不这样想，不信你听，在三月里的清晨，红翅黑鹂(redwinged blackbird)从苇塘里传出来的叫声多么欢快！黑鹂们成群结队集结在沙沙作响的芦苇丛里，每一群都数量众多，要么停歇在露出水面的苇杆上，要么振翅而起，回旋着飞进苇塘深处。一旦到了它们的繁殖季节，就算距离山谷几英里远，你都能听到红翅黑鹂如长笛般清亮高亢的声音在一起鸣奏。

各种野生的禽鸟，呱呱叫着、成群结队地在苇塘里筑巢。白天，大蓝鹭（great blue heron）呆在开阔的河滩上，一有动静就会张开宽大的翅膀一跃而起。到了清冷的夜晚，杂草丛生的池塘里不断传来绿头鸭（mallard）的叫声，麻鳽（bittern）低沉的鸣声也回荡在每条水道旁。秋天，不断有样子古怪的水禽从远方飞来，从金红色的天幕上降落下来。白天，苇塘上空各种飞鸟快速扇动的翅膀遮天蔽日。黄昏，经过长途跋涉的野鹤队伍乘着暮光翩然而至。夜晚，铿锵的雁鸣清晰地划过苇塘上空。我真想听听那藏在芦苇深处的生灵们的对话，只可惜无法靠近。它们到底在那儿做些什么？怎么过活？都找到了些啥？但这些只有苇塘自己才知道。

云中君

让我们进山去吧！一睹暴风雨的风采！在那里，各种气候在轮番上演，看得多了，你才能见多不怪。你之前想到的暴风雨，一般出现在海面、沙漠或者平原上。在这些地方，暴风雨即将来临之前，天际间烟雾升腾，仿佛诸神正在腾云驾雾前来聚会，你刚刚意识到有什么事情即将发生，那暴风雨就已骤然而至，而风雨中的你根本无处藏身。如果你听过堪萨斯(Kansas)的风暴那可怕的嘶吼声，就会明白那种无法形容的恐怖。那狂风简直就是来找你寻仇的，仿佛时刻都能把你像稻草一样连根拔起、席卷而去。山地里的暴风雨却完全是另一番作为。它们拓深了河

道，灌溉了松林，扭转矫正了树干，让松树和杉木成长为栋梁之材。而且，只要能和它发威的区域保持适当的距离，你就不会被它殃及。

山地的暴风雨很有规律，它们发生的路径、季节，都有一定之规，爆发前的预兆也很明显，很少有异常。那些在临水的断崖上或残壁下盖房子的人一定要担风险。在欧弗敦（Overtown），曾有人在阿耳戈斯河（Argus）河水冲积出的洼地里安家；在基萨奇山，居然有人在位于峭壁上的水潭下面、连一棵树木都没有的地方盖房子。就在二十年后，阿耳戈斯河河水暴涨，淹没了这些地基不牢的房子，而基萨奇山上的积雪轰鸣着崩落下来，吞噬了沿路的房屋和营帐。对此，你不能怪罪到水和雪的头上。

观察云的变化最能让你洞悉暴风雨的来去走向。气候变化绝非偶然，它是虚空中行走的神灵在显圣。变化来临的那一刻，云在天空下汇聚一堂；雨、雪，也都微笑着，在风中殷切地期待着。气象站坐落在最有利于观测各种天象的地方，而气象员约翰·缪尔(John Muir)通常在气象仪器上做好记录，就出门去预报天气，他不会完全赘述他所见的情况，但他所做的预报还是与他所信的神有悖。人们都忽视了这样一个事实，这个比任何人都更了解山地暴风雨的家伙原本是一位虔诚的教徒。

如果是在内华达山脉的高海拔地区，我们要想研究暴风雨的话，可以选择科恩河(Kern)与国王河(King)的分水岭，去那里林立的山峰附近；也可以到深山谷地，选择那种往东边开了很大的口子的小段峡谷看看。大多数日子里，峡谷都沉浸在温暖的水流之中，令人微醺的水汽缓缓上升，化成天空中的朵朵流云；云层的底部扁平，泛着珍珠灰色，而浑圆的云层顶端则一片银白。随着山峰间的气流上升，云朵越聚越多，与上方的冷空气相遇，锁定在一起，就此揭开了此处风云变幻的演出帷幕。云蒸霞蔚、彩云聚散，这都是日出或日落时的常景，此刻的天空一定是五彩辉煌，如同神迹。你会看到云气滚滚升腾，高达数英里，雄伟如雪山玉柱，它们或肃穆，如太阳神殿门前尽忠职守的卫兵；或灵动，像伴着身着花衣的风笛手的演奏，翩翩起舞的云中精灵。无论白天还是夜晚，那些厚厚的云朵一旦整装待发，就会像一顶顶帐篷一样一字排开，如一座长城锁住整个山脊。要想体验山地暴风雨的真正威力，你必须得身临其境！

“要是下雨了怎么办？”经常进出山区的人可不会问出这样的问题。群山之间总会有地方在下雨，关键是你得学会怎么免受其害。你也许可以考虑借鉴一下植物在暴雨中保护自己的花粉的技巧。留意观察一下，很多植物都像钓钟柳（pentstemon）那样，花朵呈钟状鼓起，花蕊藏在很深的管锥中；还有很多植物依靠灌木丛的庇护生长。夏天，峡谷中常常有意外的惊喜，那是转瞬即逝的阵雨给高山上带来了湿润的空气，经验告诉我们，它并不会引起暴雨天气，大可安心享受。这时的天气很暖和；你会看到一朵白云在岩壁的顶端探头探脑地巡视着峡谷，然后穿过风口，跃上山脊，遮住了阳光。接着，你就听到雨点开始敲打藜芦宽大的叶子，渐渐打弯了溪边沟酸浆的枝条。这时，你可以找一棵高大的松树和收拢了翅膀的蝴蝶，以及树林中其他的快乐生灵们一起，躲在它的背风面避雨。雨水倾盆而下，一道道涡流穿过松树的针叶落到地面，汇入溪流之中。两岸之间，溪水滚滚，泡沫翻腾。天空先还是白云朵朵，然后就开始阴雨蒙蒙，转瞬间又一片晴空，夏天的阵雨就是这么来去匆匆，不留痕迹。

这种天气在八月里会日复一日地重复上演好几个星期。有时会突然降温，阵雨变成了雨夹雪给湖边花圃里的花蕾挂上了霜花，但霜花很快就融化了，不会对植物造成任何伤害。有时，站在开满石南花的山岬上，你能有幸目睹积雨云在半空中形成的过程。在草地和湖区的上方，天空有一点点阴沉——没有云，也没有起风，只有一种烟青色的薄雾，仿佛魔幻故事里的精怪在显灵。

它向外弥漫开去，遇到从神秘的峡谷里飘来的几片薄雾，就开始下起雨来。正所谓“徐徐幔下垂新草”[1]。一阵风吹来，把那团薄雾吹过了草地，淅淅沥沥的雨点

1 语出英国诗人阿尔弗雷德·丁尼生(Alfred Lord Tennyson，1809—1892）的诗《吃莲人》(The Lotos-eaters），原文为“slow dropping veil of thinnest lawn”。

打碎了沉闷的湖面，溅出一个个小小的水坑，很快化作水波荡漾开来。这种零星的小雨下下停停，真是如泣如诉。与这种无关痛痒的小雨不同，这个季节还有另外一种足以改天换地的暴雨。当这种暴雨来袭，通常会狂风大作，伴随着电闪雷鸣，雷电在岩石上迸出了火花，狂风猛烈地抽打着松树，淘汰掉了那些将来不能用作桅杆的劣质木材。它从高山顶上震落了大量的积雪，顿时让峡谷里洪水暴涨，威胁着村镇、森林，甚至河道中的大石头。乡民们把这种冷酷无情、来势汹汹的暴雨称为"云暴"，它不是普通的降雨，而像是从雷神托尔（Thor）激荡的酒杯中倾泻而出的。这样的一场暴雨过后，被狂风翻搅过的溪水在数英里外的村镇上的水龙头里流出来的时候，依然泛着白沫。

地理书可能会告诉你暴风雨对地球表面的形成有哪些影响，但却不会告诉你与我们同时代的动物对它的切肤之痛。我记得，在一个雷雨交加的夜晚，一只无家可归的雄性美洲狮不停地发出令人心碎的哀嚎，它的窝，也许还有它的家人，都被掩埋在基萨奇的山坡上一堆塌方的山石之下。阴云密布的天空中曾经有一道淡玫瑰色的霞光闪过，就是那一刻我们听到了山体滑坡发出的巨响，我们猜想这只美洲狮一定是捕猎归来，发现自己的家已埋在断壁残垣之下，它整夜都在那边徘徊不去，像人一样哀恸不已。我还记得，也是那个雨季，连日的暴雨让湖水如同煮沸的牛奶，暴雨带来的泥石流破坏了原来的湖床，四溢的湖面上漂满了肚皮朝天、被突发的山洪打昏的鲑鱼。不过，还是有足够多的鲑鱼幸存了下来，不会影响它们来年在残余的湖泊里，或者湖泊上游的草甸间新生成的水域里继续繁殖。云暴袭击了一座我曾经格外青睐的山谷，满目疮痍的废墟中出现了最让我最心酸的一幕，一只雌性短尾猫在被山洪摧毁的巢穴前舔着它那已经淹死的幼崽。它的窝建在远远高出正常水位线的一个洼地里，但还是没能幸免。总要一段时间之后，等你学会了接受上苍的安排，才能免受这种强烈的恻隐之心的折磨。

除了那些终年不化的高山积雪，在大

雪封山之前，初冬的头几场大雪最有看头。这时，迟开的花朵还未曾完全凋谢，候鸟还滞留在松林中尚未南飞。往山谷俯瞰，只见黑鹂在山道上簇拥在一起，野鸭在苇塘上空低低地盘旋，云朵在威廉森山后的天空上越积越厚。起初，松林中有一种等待暴风雨来临之前的宁静；虽然没有风，树枝却开始嘎吱作响，天空像是含着怒气，一片阴沉，溪水边的杉树也在轻轻摇晃。树枝响过一阵之后戛然而止，就像正在吵闹的孩子被房间里突然出现的寂静镇住了一样。随着阳光下的积雪消融，山溪的水流声也一点点变化着调子，这让它成了森林中最能提供天气讯息的声音。在它之后，小号般的风声开始呼号，招呼着野生动物们赶紧躲回自己的巢穴。有时，这种紧张的气氛会持续好几天，而森林也变得越发安静。只有北美星鸦和嘎嘎叫的松鸦(jay)对此漫不经心，它们完全能应付恶劣的天气。牲畜们被赶回了山脚下，住在地下的小动物们也迅速返回了洞穴，气温开始下降，峡谷中乌云翻滚，这时会有一阵雷声滚过，或许还会先下一阵小雨，但多数时候，雪花已经在空中悄然形成，你会有一种强烈的感觉，仿佛天上有无数白色的羽翼正在轻轻地扇动，整装待发。饱含着雨雪的雪云越积越厚、遮天蔽日，把正午的天空变成了白夜。最初的几次下雪天里几乎从不刮风，倒是常常雨雪交加，但之后，当所有山坡的积雪都有一两英尺深的时候，就开始起风了。再往后，雪天的雪花越来越精美、干爽，化作晶莹的冰粒随风飞舞。大雪过后，寒气逼人的清晨里，山顶的积雪被风扬起，结成环成片地落到峡谷里。

差不多每年都会下一场真正的大雪。届时，遮天蔽日的云幕笼罩了山谷和它周围的一两条山脉。暴风雪刚开始的时候，天气并不冷，不含湿气的白色浓雾在山峰间不断汇聚，空气沉闷，发出压抑不住的呻吟声。大雪一下就是好几天，峡谷周围的山峰全都不见了踪影，直到雪小了，才有一两座山峰从云幕间冒出头来。雪霁初晴的早晨，天空是冷冽的钢蓝色，圣洁而宁静，这会儿是登山去松林带的最好时机。在那儿，你兴许能遇到年老体弱的野羊，它们已经饿得发昏，在这糟糕的天气里陷在浮雪里踉跄挣扎；掠食动物这时可以轻而易举地捕获它。就连敏捷的鹿，走在这厚厚的、新的积雪中也小心翼翼，我们就曾遇到过一只已经筋疲力尽的狼獾在耀眼的雪地上瞎走。

雪会压在树上，但冷杉却能轻松应付。它的枝条像星轮一样扇形展开，树冠非常柔顺，所有的枝条都可以下垂，甚至垂到与树干相贴；当树枝被雪压得无法承受的时候，伴随着一阵轻柔而含混的沙沙声，它猛地下坠，抖落积雪，然后又弹回到原先的位置，雪又会重新落到它的身上，直至把树冠中轴位置的枝条也再次覆盖起来。这样的冷杉就像一顶顶披着白雪却露着一棱棱绿的底色的帐篷，在潮冷的大雪天，那些在冬天活动的鸟类最喜欢到它这里来避雪。

暴风雨对沙漠丘陵的影响不大，但有一种大风暴除外。在内华达东部山脉还要往东的地方，暴风从几乎平行的两座山脉之间开始升起，朝着沙漠方向移动，

中间一般都不会降雨，除非是冬季，从加利福尼亚海湾吹来的风或者几片游云可能会带来一点雨水。夏天，即便天空中电闪雷鸣，半天也只是费力地掉下来几滴滚烫的大雨点而已，在这里，你一辈子都未必赶得上一场倾盆大雨。不过，见识了沙漠上的风，你才能明白那些看上去没有思维的事物蕴含了多么大的能量。风暴发生在旱季和雨季转换之际，常常让人猝不及防。暴风从台地边缘刮向山谷，苍白色的沙尘直上云霄，在空中静静地悬浮着，云头散开，就仿佛是从渔夫手中的瓶子里挣脱出来的魔怪。有人认为，印第安人正是从这些沙尘柱上学会了用狼烟传递信号，毕竟，他们的大多数技能都是由大自然老师亲自传授的。气流开始加速，冷热空气在山脉间交互流动。一股暗黑的沙尘从南边很远的地方升起，在空中越滚越大，如一条土龙在随风摆动，散发着土腥味儿。风无情地肆虐，扬起无数细小的黄沙模糊了附近的天地。碰到这种天气，只有人这种生物还会愚蠢地出门活动。当然，此时待在房子里其实也很糟；不但躲不掉无孔

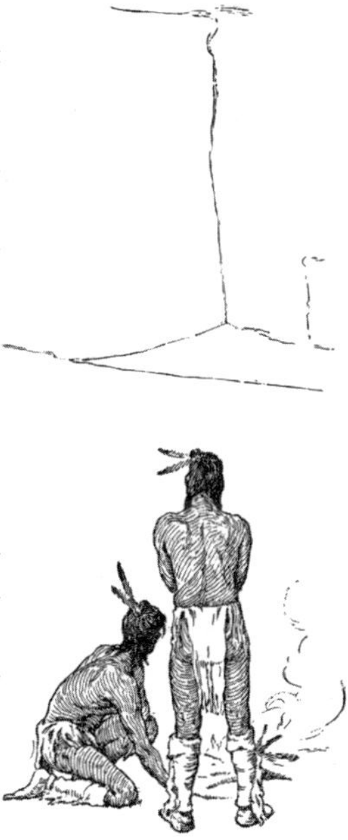

不入的沙尘，还得担惊受怕地听着房子的木料发出岌岌可危的吱嘎声。这样的风暴让人措手不及，细碎尖锐的沙粒打在暴露的皮肤上，比虫子咬还难受。风沙不停的骚扰很快就磨得人疲惫不堪，你也许会就此睡过去，但可怕的是，如果你正好身处空旷的沙漠里，很可能会在睡梦中被流沙活活埋掉，此事早有先例。若是赶在飓风前头赶路，你会觉得又干又热、焦躁不安，不过也只有这样，你才有机会一睹飓风内部那惊世骇俗的奇景。正在肆虐的狂风和酷热也有短暂停歇的片刻，我喜欢这一刻的沙漠，让我见到了许多平日看不到的情形。我看到惊魂未定的老鹰蹲伏在浅浅的地洞里，吓得连翅膀都不敢张开，也看到鸽子们排成一排躲在多刺的灌木丛中，还有不少牲畜背着风趴在地上，听天由命地闭着眼打盹。我看到风吹来沙子一层一层地覆盖了沙丘之间的空地，也在空地上发现了一些盘成一圈的小蛇。我喜欢所有这一切，但唯独不喜欢在大风天气遇到呆头呆脑的绵羊。它们简直被大风吹傻了，要知道为了扛过恶劣的天气，大多数野生动物都会自发地进入一种类似休眠的麻木状态，而绵羊却似乎从没学过这一招。据我所知，沙漠风暴中受伤害最大的都是正在放牧的牧羊人和他的羊群。有一次，小彼得在帕萨塔利亚(Pastaria)山下给我看沙地上露出的一堆白骨，那是大约二百只绵羊的遗骸，它们不幸被一股路过的飓风击中并被它掀起的沙尘掩埋。在很多地方，连牛栏的四角桩都被狂风吹来的沙丘整个儿地埋了起来。

当风停雨歇的时候，望着天空以及天上的流云可算是最好的消遣了。比方说，你在基萨奇山向加州的因约(Inyo)望去，能看到大片大片淡粉色的柔云静卧在沙漠上空；就在你的南边，白云像赶集似的急匆匆奔向欧帕帕戈山的背面；而另有一团絮状的云雾，正从瓦班山的山脚向南缓缓漂去。你头顶上方的天空清澈宁静，高天上的流云像无人看管的绵羊自己一伙伙分头散开。在天气预报里，这些云都有专门的术语——卷云、积雨云什么的。还有些图表用研究数据告诉你应该何时开始农事。但匪夷所思的是，人们怎么就知道什么时候该种植土豆，怎么就能扯出各种天象代表什么气候？你不妨自己试试，在清晨迎风站在地头上，边给花园浇水边琢磨：彩虹出现在水管子喷出的水雾里，那和瓦班山顶的流云之间的彩虹是不是一回事儿？这到底意味着什么呢？当然，我可不能保证你就能悟到！

葡萄藤小镇

西部至今还有这样的地方：那儿的鹌鹑发出“奎达嘟”的叫声，那儿的人们轻声细语、举止文雅；那儿所有的菜肴里都放辣椒，那儿的人们更重视的节日是九月十六日[1]，而不是七月四日[2]。在埃尔普韦布洛德拉斯乌瓦斯[3]尤其如此。这个地方在哪儿，怎么走？这事我可说不清楚，有这工夫我倒宁愿先领你去苇塘看看大蓝鹭的鸟窝。这个镇子的后面有一座闪亮的山峰，山下长满了落叶松。山峰的两侧是赤色的丘陵，一面平缓、远远地伸向山谷，另一面则沟壑纵横像海浪般起伏着涌向内华达山脉。

葡萄藤镇在日常用语里被简称为“拉斯乌瓦斯”，这里的地势下倾，下方就是河边的草场和灯心草苇塘。整个镇子都掩映在浓密的葡萄藤蔓和三角叶杨(cottonwood-tree)圆圆的树冠下面，光线幽暗，呆在里面就像闷在一只嗡嗡作响的蜂巢之中。

1 墨西哥独立纪念日，起源于1810年9月16日希达哥神父发出反抗西班牙殖民统治的号召。

2 美国独立日。

3 Elpueblodelasuvas，西班牙语，意思为“葡萄之民”，即本篇所说的葡萄藤小镇。

镇子外面是一道道耕地，还有几道水闸拦着溪流，负责为村里的渠堰供水；而溪水的上游则不断传来矿石研磨机的轰鸣声。野生的葡萄藤从柳树林里蔓延过来，穿越一排排果树，攀上了棚架和房梁。

稍加留意，你就会发现拉斯乌瓦斯镇上别有洞天，它的空中另有一座由树冠搭成的拱廊和小园地组成的小镇，满满当当地居住着赤胸朱顶雀(linnet)、黑鹂、太平鸟(fruit bird)、纹腹鹰(small sharp hawk)和夜间歌唱的嘲鸫(mockingbird)。在迷人的花香和果香之中，鸟儿们放声歌唱，歌声甜蜜婉转，令人如痴如醉。拉斯乌瓦斯的白天很静，夜晚则歌声四起。一轮皎洁的月亮从海中出浴，跃上山顶；月影投射在天井的地面上，留下了花边儿一样的图案；从遮掩在葡萄藤下的一进进庭院中，传来了吉他手的弹唱声。

拉斯乌瓦斯的人们保留了老墨西哥那片忘忧之乡流传下来的所有优良传统。他们饮酒作乐，大快朵颐；每个家庭都生十来个小孩，他们每天都要午睡，醒来就斗鸡、抽雪茄，等着太阳下山。他们几乎总是在跳舞；清晨和黄昏，他们在室内光滑的砖地上跳；下午，他们在院子的凉棚下跳，那里地面虽然潮湿，但却散发着阵阵果香。订婚仪式上、婚礼上、受洗礼上，他们都在跳，甚至即便没有任何事由，只要身边有把吉他伴奏，他们就能立刻起舞；若是连把吉他都没有，他们也会叫人取来，即兴弹奏起舞。

说到这儿，我得来解释一下。随着突然发现第一条金矿矿脉的消息不胫而走，如潮的淘金者们涌入塔潘（Tappan）地区，安东尼奥·赛瓦德拉（Antonio Sevadra）就是随着这股淘金潮从老墨西哥迁徙而来，并最终发现了戈隆德里纳矿（La Golondrina）。这矿富得流油，安东尼奥也是个讲义气的汉子，没忘了把家族里的所有亲戚，甚至隔了两代的都召过来一起发财。这些人里有他老婆的娘家人卡斯特罗（Castro）家族，有他的连襟，甚至亲戚的亲戚们塞斯（Saise）、罗梅罗以及艾斯科巴尔（Eschobar）家族。他们是这座后来规模可观的小镇的首批居民。小镇后来增加的人口主要是加利福尼亚的西班牙裔人，他们中的大多数人都是被东部的矿厂从西南地区征募过来的。等后来银价下跌，戈隆德里纳的矿石也差不多开采殆尽，这些人就又离开了。山坳里曾经红红火火的采矿生活早已风光不再，但，要么是闲散惯了，要么是穷得连家都搬不起，再不就是对拉斯乌瓦斯的生活很满足，总之，还是有人继续留在了镇子里。

现如今，除了个别所谓“愤世嫉俗”的人，没啥人会来葡萄藤小镇生活了，但对小镇来说，有现在这些人就够了。镇上每家每户的矮窗台上都挤满了孩子们的小脑袋。哈！对了，你可能还不知道，在当地，一个家里如果每年都添新丁，每年家里都有女人鼓着乳房在哺乳，这也是件值得骄傲的事情呢！可想而知，人们对结婚这样的喜事更不会吝于祝福。据说，鲁伊·加西亚（Ruy Garcia）领结婚证的时候，缺一美元的手续费，警长就自己借给了他，这位警长正在谋求连任，正好借此展示了自己的廉洁清正。

这么说吧，有这么乐于助人的好邻居，你哪还用担心饿肚子啊？此外，通过这一类事情，你还能看出他们对荣誉的特殊看法。就像杰西·罗梅罗，一位十个孩子的父亲，他曾在马里奥奈特(Marionette)有一份装矿石的差事，却又自愿放弃了这份工作。“嗯，为啥?”杰西回答说，“为了我的家人呗。”

“事情是这样的，夫人，”他严肃地说，“我如果去马里奥奈特，有活儿干，也能吃上肉、煎饼和菜豆，真是没啥毛病。我每周六晚上回家看看老婆孩子，平时就和工地的伙计们一起打打牌、喝喝酒，钱花得是一个子儿不剩。但我的家人穷得叮当响，连吃的也没有。我在矿上干活的时候吃得却很好，好得不得了，我想想就觉得对不住家里人。哦，不，夫人，我再也不去马里奥奈特干活了，我只想和家里人呆在一起。”我觉得最不可思议的是，他家里人居然也赞同他的做法。

葡萄藤镇的每户人家都有菜园子，里面种着玉米、眉豆(brown bean)和一排正在太阳下催红的辣椒；在灌溉渠边湿润的地面上，长着一丛丛北美圣草(*yerba santa*)、夏至草、猫薄荷草(catnip)和甘松(spilcenard)，这些药草无一不能强身、治病，但却都盖不过辣椒的风头。在拉斯乌瓦斯的节日宴会上，肉丸汤里放辣椒，鸡肉、米饭里放辣椒，炸豆子里的辣椒更多，墨西哥玉米卷也是用玉米煎饼配上辣椒酱、番茄酱、洋葱、碎奶酪和腌橄榄做成的，而且宴会全程都有用野山椒做成的开胃小菜，所有这些菜肴都十分美味可口。宴会上还有每家男人自酿的色香味浓的葡萄酒，以及各色卖相虽好、味道却不敢恭维的甜食。

在以下两个场合，你能尝到所有这些美味，一个是九月十六日，另一个是夏农神父每两年一次来访的时候。确实奇怪，拉斯乌瓦斯本该有一位爱尔兰教士[1]，但是从黑岩到明顿、再到吉姆维尔整个地区一圈下来都找不出一位来。夏农神父只好挨个儿巡访这些镇子，他在雷德比尤茨等着过路的牧羊人来做忏悔，再前往各个分散的小矿区给那里的人们带去上帝的福音，他每隔一两年能来拉斯乌瓦斯一次，主持葬礼、婚礼和受洗礼。届时，人们在当地墓园所有的小坟头上都插上点燃的小

1 此地主要信奉天主教，而爱尔兰天主教为当时实力最大的一支。

蜡烛，在褐色的松木床头架上贴上劣质的亮闪闪的圣母像，扎上纸玫瑰花，那样子就像是亚伦（Aaron）的杖上开出了花朵[1]。塞瓦德拉（Sevadra）夫人自觉地担当起神父的助手，把艾莉珈思（Elijias）、劳乐斯（Lolas）、马努尼塔斯（Manuelitas）、何塞（Joses）和菲利普斯（Felipes）这些小家伙们集合到一块儿，把糖果塞进他们汗津津的小手，哄着这群带着原罪的小罪人去领圣餐。

我曾经偷偷地去看过他们一次，多纳·伊纳（Dona Ina）家的客厅从没有这么安静过；这些小淘气儿，就像拉斐尔画中的孩子，大睁着眼睛、为了不硌得慌尽量斜着身子跪坐在地板上，壁炉架上燃着蜡烛，营造出一股宗教的气氛，画着“神圣家庭”的圣像前则摆放了一大捧野花。礼拜天，人们在学校教室里设好圣坛，上面铺上精致的台布，摆上老旧的银制烛台和蜡像。这套摆设是四十年前用骡子从墨西哥驮来的，象征着拉斯乌瓦斯的最高荣誉。来领圣餐的人们穿着白色的衣服，两两一组安静地走上前来，满怀幸福与敬畏

1 典出《圣经·旧约·民数记》。亚伦辅佐其兄摩西共同担任以色列人的领袖，上帝曾借其杖行神迹，使其开出花朵。

地领受主的身体，每当此时，神父的助手小托马索（Tomaso）都会因为所任神职露出一脸掩饰不住的自豪来。领过圣餐之后，人们开始吃饭，分享一瓶美酒，酒是用艾斯康迪托（Escondito）阳面山坡上出产的葡萄酿造的。整整一个星期，夏农神父都在倾听人们的忏悔，忏悔净化了人们的心灵，也加大了他们的胃口，神父自己就在这方面做出了表率。夏农神父的大肚子里装满了让人能捧腹大笑的人和事，他对人心知之甚深。据说从他的忏悔室里走出来的人无一不有所慰藉，对此我自己是深信不疑的。

九月十六日的庆祝活动是一年一度的，不过准备起来不比那两年一度的圣餐礼所花的时间少。在节日前，姑娘们每人都会为自己置办一套新装，做了太太的也至少会添一条新的披肩。年轻的先生们在他们的宽边帽上配上崭新的银饰，打着令人啼笑皆非的领结，胸前的口袋别着丝帕，还给自己的马刺换上了新皮子。等到了日子，菜园子结出了红彤彤的辣椒，刚刚长大的鹌鹑开始“奎达嘟”“奎达嘟”

地叫着，就像对你喊着“留神、留神啊”，从挂满葡萄藤的凉亭那边传来磨盘转动的声响，闲不住的老妇人们正在磨碎玉米粒准备做玉米粉蒸肉，她们娴熟的动作充满了艺术的美感。

拉斯乌瓦斯的学校以前也曾试着按那些国外来的教员的意见在九月一日开学，可是很快就发现，在九月十六日之前，不管是卡斯特罗家的、加西亚家的还是罗梅罗家的孩子们，他们的小脑袋瓜里满满的都是节日大餐和斗鸡，别的啥也塞不进去了。哦，忘了告诉你了！九月十六日是墨西哥共和国的国庆日，是旧墨西哥行省的人们开始觉醒并为自由呐喊的日子。从十五号这一天的午夜开始，就有人走上街头呼喊“自由万岁”，呆在室内和葡萄藤架下的人们则随之应和“墨西哥万岁”。翌日清晨，人们迎着旭日鸣枪，纪念不幸的墨西哥皇帝马克西米连（Maximilian），然后在拉斯乌瓦斯简陋的露天小广场上，伴着庄严的国歌升起伟大的墨西哥国旗。阳光越过松岭（Pine Mountain）照耀在国旗的蒙特祖玛之鹰[1]的图案上，随后很快洒满

1 根据阿兹特克的传说，一只雄鹰叼着一条蛇立于仙人掌上的地方，即是太阳神许诺给阿兹特克人的安居之地。蒙特祖玛是16世纪初著名的阿兹特克皇帝。

了葡萄园和整个镇子，在一片欢呼声中，人们开始了一整天的庆祝活动。不久，有人开始宣读《独立宣言》，发表国庆演讲，演讲不停地被“万岁”“万岁”的欢呼声打断；整个小镇都披上了盛装，精彩的马术表演开始了，表演的马儿累得口吐白沫、身上也被马刺扎出了血；当然还少不了斗鸡比赛。

夜幕降临，人们开始舞蹈，那音乐简直绝了！老桑托斯(Santos)吹着笛子，瘦削的他一脸圣洁的表情；年轻的加西亚把吉他弹得出神入化；卡拉斯科(Carrasco)则拉着小提琴。人们在烛光中尽情舞蹈，乐手们就坐在舞池上方高高的平台上，身后悬挂着墨西哥的红绿白三色国旗，他们的弹奏很快进入白热化的状态，这样热情奔放的音乐绝对是你在其他地方听不到的。

到了当天午夜时分，会进行降旗仪式，如果你对参加这样的仪式无动于衷，肯定会抱憾终生。在那一刻，头顶上的松岭笼罩在白色的天光下，朦朦胧胧的山丘上牧羊人的篝火显得格外耀眼。眼前的广场上，光秃秃的旗杆泛着光，黑压压的人群和他们鲜艳的服饰都被篝火映照成了赤红色。跳跃的火光一瞬间突然照亮了鹰徽旗，然后又渐渐黯淡，这时音乐声从一旁柔和地响起，充满了古老的乡愁和被放逐的忧伤；黑暗中，鹰徽旗徐徐降落，在夜风的拂动下缓缓着陆。有时，人们会在这忽儿唱起圣歌，每个人眼中都含着热泪。落下的旗子被托尼·塞瓦德拉(Tony Sevadra)收在了臂弯里。片刻之后，音乐声仿佛突然间拨云见日变得激昂狂放，另一面旗帜在此时开始缓缓升起，一两次呼吸之后你才醒过味儿来，原来这是另一个升旗仪式，而这次响起的是美国国歌，升起的是星条旗。一轮鸣枪礼过后，不管你是否乐意，又被重新带回到了美国的加利福尼亚。这时，每一位爱国的墨西哥青年都会走上前去触摸托尼·塞瓦德拉臂弯中的鹰徽旗，能碰到一角的人会感到无比幸福。接着，音乐如常响起，人们两人一组开始演唱国歌。他们几乎什么都唱，有美国国歌，有为这一带的法国牧羊人演唱的马赛进行曲，有古巴国歌，还有专门献给当地仅有的两个来自智利的家庭的智利国歌。仪式结束后，多纳·伊纳把星条旗连同烛台和圣坛的罩布都一起收了起来。拉斯乌瓦斯所有的居民便开始享用玉米粉蒸肉，然后一直跳舞，直到次日清晨太阳照亮了松岭的山坡。

不要以为葡萄藤镇的人们不庆祝七月四日的美国国庆节、华盛顿总统的诞辰以及感恩节，这些日子都不用开工，他们肯定要抓住这样的机会尽情跳舞，但无论如何，九月十六日才是他们心目中的节日。在纪念阵亡将士的这一天，人们给每座坟墓都放上花环，在床头板上贴上新的圣徒画像。同时，按《圣徒的营地》[1] 所说，念颂"万福马利亚"成就了不起的德行。我喜欢西班牙语中把墓园称为坎波桑托(圣地)[2]，听上去就像能让迷途的灵魂和罪人得以痊愈的温床，让他们可新生而起，赞美主的恩典。民间的有些说法虽然简单纯朴，却往往暗含着抽象思维难以企及的真理。我一直认为只有那种笃信万物有灵的人才能从朴素的宗教中获益。那些土生土长的人都是诗人和象征主义者。而在到处

1 天主教的宣传册。
2 Camposanto，意为神圣之地。

是柏油路面的环境中长大的我们却是另外一种人，虽然在同一屋檐下起居生活，也供奉着同样的上帝，我们所恪守的信条却极力地排斥异己的生活方式。像这样的人去教堂主要去寻求教诲和训导，而在拉斯乌瓦斯，人们去教堂纯粹是出于对上帝的崇拜，相信万能的神能听到他们的祈求。这种信仰的逻辑就是既然一切好东西都来自于上帝的赐予，那么只要在上帝面前张开双手就好，当然态度要足够虔诚。邻居家的孩子不幸死亡，你只顾着自己做好了饭，却没有替他买一支蜡烛，只能说你太过愚蠢，因为仅仅是送一支蜡烛也是一件善行。

在拉斯乌瓦斯，每一所房子都是土墙结构，厚厚的白粉墙让室内像窑洞一样保持温度恒定；所有的男人都是骑术精湛的骑手，也因此都有一副罗圈腿；家家门前的泥地上都懒洋洋地趴着几只白底红斑的土狗。他们说着一口纯正的卡斯提尔语(西班牙古语)，比你在任何一个墨西哥本土的村庄里听到的都要地道，若按当地人的讲究，他们所有人都沾亲带故。镇子上很少有坏人坏事。只有谁穷得叮当响，又欠了一屁股债时，才会发生盗窃或者杀人案件。另外也有些情欲过盛的急色鬼，会像我们常说的那样“要里子不要面子”地做出好事来。嗯，好吧！难道还能要求一个人一辈子都只能做圣人吗？再者说，要是一切都万事大吉，神圣的教会还能像现在这样变着法地剥削你吗？来吧！你们这些自以为世界离了你就不转的人，害怕一日不努力就会一无所有的人，快来吧！随我一起走近这褐色的山谷和起伏的丘陵，来这里过一过舒心的日子，好生感受一下葡萄藤小镇居民们的善良、纯朴还有安逸吧！

图书在版编目(CIP)数据

星星和印第安人的土地/(美)玛丽·奥斯汀(Mary Austin)著;范培文,曹柠译.—上海:上海译文出版社,2019.10(2023.8重印)
(山杯)
书名原文:The Land of Little Rain
ISBN 978-7-5327-8107-2

Ⅰ.①星… Ⅱ.①玛…②范…③曹… Ⅲ.①散文集—美国—现代 Ⅳ.①I712.65

中国版本图书馆CIP数据核字(2020)第065712号

Mary Austin
The Land of Little Rain
根据 The Riverside Press 1903 年版译出

星星和印第安人的土地
〔美〕玛丽·奥斯汀 著 范培文 曹 柠 译 王全智 校
责任编辑/刘宇婷 装帧设计/柴昊洲

上海译文出版社有限公司出版、发行
网址:www yiwen com cn
201101 上海市闵行区号景路159弄B座
杭州宏雅印刷有限公司印刷

开本 787×960 1/32 印张 6.75 插页 5 字数 76,000
2020年6月第1版 2023年8月第3次印刷
印数:6,001—7,000册

ISBN 978-7-5327-8107-2/I·4983
定价:42.00元